Hermine
Heinz

Doktor Krupp,
der Rektor der
Universität

Richter Müller

Josef Grunnaf

Angestellter
der städtischen
Oothek

Generalstaatsanwalt
Chamisso

Gräfin Hilda
von Sturm

Wachtposten

Patacloc

Das Geheimnis von Berlin

Philippe Bertrand, geboren 1949 im französischen Saint-Jean-de-la-Ruelle, arbeitete zunächst als Gestalter für politische Magazine und widmete sich ab den frühen 1970er Jahren dem Zeichnen von Comics. Er hat zahlreiche Comicbücher veröffentlicht, an Zeichentrickfilmen mitgewirkt und veröffentlicht regelmäßig in französischen Magazinen und Zeitungen, u.a. *Le Monde* und *L'Express*. Seit Ende der 1990er Jahre ist er auch als Kinderbuchillustrator tätig. Er lebt mit Frau und Sohn in Paris.

Philippe Bertrand

Patacloc

Das Geheimnis von Berlin

Aus dem Französischen von
Werner Leonhard

Verlagshaus Jacoby Stuart

Humboldt-Universität zu Berlin

FACHBEREICH HUMANWISSENSCHAFTEN
PROFESSOR ADALBERT PLUTO

Berlin, den 8. im Jahre 45
nach dem Großen Kladderadatsch

Lieber Patacloc,

mit großem Vergnügen habe ich Ihre letzten Forschungsarbeiten zur Erwärmung unseres Planeten zur Kenntnis genommen (Ihr Stil ist tadellos, auch wenn sie beim Gebrauch des Konjunktivs etwas lasch sind). Ihre Schlussfolgerungen decken sich mit den meinigen: Wir Insekten haben die anderen Arten nicht etwa deswegen verdrängt, weil wir ihnen überlegen waren, sondern infolge eines tragischen Zufalles.

Die menschliche Spezies, deren Schrifttum ich seit geraumer Zeit fleißig studiere, ist nicht deswegen untergegangen, weil sie barbarisch, dumm oder minderwertig war (zumindest lässt nichts den Schluss zu, dass sie all dies in stärkerem Maße gewesen sei als unsere Gattung). Vielmehr hat sie durch die allmähliche Zerstörung ihrer Umwelt die Katastrophe selbst heraufbeschworen, die letztlich zu ihrer Ausrottung geführt hat. Wobei ich hinzufügen möchte, dass diese Katastrophe nicht völlig unerwartet über die Menschen gekommen ist. Sie hatten sich ja schon mit dem Gedanken abgefunden, dass immer mehr Arten aussterben würden.

Mit anderen Worten: Das, was wir den Großen Kladderadatsch nennen, war keineswegs unvermeidlich.

Meiner Meinung nach sollten wir diese Lektion sehr ernst nehmen. Die Ergebnisse verschiedener Studien deuten darauf hin, dass wir erneut einen Klimawandel erleben. Einige meiner Kollegen meinen, dass wir auf eine neue Eiszeit zusteuern, wenn wir dem unverantwortlichen Treiben unserer Artgenossen nicht schnellstens Einhalt gebieten. Die Unfähigkeit der Insekten, diesen Planeten zu verwalten, setzt uns den größten Gefahren aus.

Es gibt nur wenige, die zu solchen Schlussfolgerungen gelangen wie Sie und ich, und ebensowenige, die bereit sind, den Tatsachen ins Auge zu sehen.

Ach, mein lieber Patacloc, der Gedanke, dass ich nicht mehr ganz allein dastehe mit meiner Sicht der Dinge, erwärmt mir das verstaubte Herz. Wir müssen in der Tat unser Wissen über den Homo sapiens vertiefen, wenn wir unsere Gattung und das Gleichgewicht des Planeten retten wollen[1].

Kommen Sie doch zu mir nach Berlin. Gemeinsam können wir versuchen, unsere lieben Freunde, die Insekten, davon zu überzeugen, dass in der Nacht der Unwissenheit die Wissenschaft der einzige Rettungsanker ist[2].

Mit herzlichen Grüßen

Ihr alter Professor
Adalbert Pluto

---

1 *Verzeihen Sie mir meinen Gefühlsüberschwang. Es ist schon spät, ich habe einen Schnupfen und sitze hier in dicke Decken gehüllt.*

2 *Es geht schon wieder los. Höchste Zeit, dass ich zu Bett gehe.*

»Eigentlich mag ich Kellerasseln ganz gern.
Aber sie zu pulen nervt einfach.«

Alfred Jarry

· 1 ·
Ein ereignisreicher Tag

Um 10 Uhr 20 trank Jeremias Patacloc einen Milchkaffee und blätterte dabei in einem Modemagazin für Weibchen. Bildhübsche Schaben führten die neue Frühjahr-Sommer-Kollektion vor und räkelten sich schelmisch lächelnd in ihren Badeanzügen. Nach ein paar Seiten ging ihm das jedoch ziemlich auf die Nerven.

Einige Minuten später wischte er sich den Mund ab, zog seinen Mantel über und verließ die Pension. Dabei grüßte er die dicke Frau Biedermeier, die damit beschäftigt war, die Messingbeschläge der Tür zu polieren, freundlich. Draußen war es ziemlich frisch und sein Rostrum[1] zitterte vor Kälte. Er stürmte die Straße hinunter, die voller Schlaglöcher war.

Am Abend des Vortages war Patacloc, seines Zeichens eine Mücke, auf dem Flughafen Berlin-Tegel gelandet. Er war mit einem notdürftig geflickten Flugzeug gekommen, das jeden Augenblick seine Tragflächen zu verlieren drohte. Das war die Art von Witz, die Insek-

1 Rostrum: Bezeichnung der Mundpartie bestimmter Insekten

ten zum Lachen brachte: ein Flugzeug, dem die Flügel abhanden kommen. Der junge Diptere[2] war noch nie zuvor in Berlin gewesen. Was ihm während der Fahrt zum Hotel auffiel, war der Zustand der völlig verfallenen Stadt. Der Fahrer seines stinkenden Taxis fuhr einen regelrechten Slalom um die Schlaglöcher. Dabei schreckte er auch nicht davor zurück, gelegentlich auf die Bürgersteige auszuweichen – ohne großartig Rücksicht auf die Passanten zu nehmen, die sich gegen die Häuserwände drücken mussten, um nicht überfahren zu werden. Das sei typisch für Berliner Taxifahrer, hieß es.

Im fahlen Winterlicht glich die verfallene Stadt mit ihren halb eingestürzten Gebäuden und den verbogenen Straßenlaternen an diesem Morgen einem Schlachtfeld. Unförmige Haufen von Bauschutt und Balken lagen auf den Straßen herum. Berlin sah aus wie das abgefressene Gerippe eines riesigen Tieres. Seit der Katastrophe hielt sich beharrlich ein unausstehlicher süßlicher Geruch in der Luft, wie von Gammelfleisch. Und gelbliche Dunstfetzen schoben sich immer wieder vor den Himmel; im eisigen Luftzug waberten sie wie Fischschwärme umher.

---

2 Dipteren (griechisch: Zweiflügler): Ordnung der Fluginsekten, zu der mehr als 120.000 Arten gehören

An einem riesigen Trümmerhaufen, der die Straße blockierte, stieg Patacloc aus. Nach seinen Informationen sollte sich die Universität an der dritten Straßenecke rechts befinden, ein wuchtiges Gebäude mit Säulenreihen und einem kleinen Garten voller todgeweihter Sträucher im Vorhof. Schon nach wenigen Schritten steckten Pataclocs Füße wie Eisklumpen in den Schnürstiefeln. Er erblickte einen Typen, eine Art Rüsselkäfer mit einer Schirmmütze, der am Türrahmen lehnte. Seine Uniform aus grauem Tuch schlotterte um seinen mageren Prothorax[3].

»Schönen Tag, guter Mann!« – Patacloc versuchte, einen launigen Ton anzuschlagen. »Ist das hier wohl die Humboldt-Universität?«.

»Ein Scheiß ist das«, entgegnete der Lümmel und kratzte sich das Maul.

»He, Sie scheinen mir nicht gerade bester Laune zu sein.«

»Für eine Mücke haben Sie eine beachtliche Beobachtungsgabe.«

Der Rüsselkäfer zog in aller Seelenruhe eine Zigarette aus der Tasche und klemmte sie sich zwischen die Mandibeln[4].

---

3 Prothorax: Vorderstes Segment des Brustbereichs der Insekten

4 Mandibeln: Mundwerkzeuge der Insekten, vergleichbar mit unseren Kiefern. Alle Insekten sind Mandibulaten, also Tiere mit Mandibeln.

»Okay«, brummte Patacloc. »Ich habe nicht vor, den ganzen Tag hier zu verbringen. Und auf Ihrer Uniform steht geschrieben: ›Humboldt-Universität‹ ...«

»Und was schließen Sie daraus, Sie kleiner Schnüffler?«

»Nun, dass mit großer Wahrscheinlichkeit das Gebäude, vor dessen Tür ich hier stehe, die Humboldt-Universität ist. Ich wäre Ihnen dankbar, wenn Sie etwas nach rechts rückten. Dann könnte ich nämlich die ehrwürdige Schwelle überschreiten.«

»Scheiße«, tönte es wieder aus der blauen Tuch-Uniform.

»Ach bitte, nicht schon wieder! Auf die Dauer wird das langweilig.«

»Junger Mann, ich bin der Portier der Humboldt-Universität. Soviel steht schon mal fest. Und was ihr Ansinnen betrifft, in dieses Gebäude vorzudringen, so bin ich justament dazu da, das zu verhindern. Hier kommt nicht einfach rein, wer will, guter Mann.«

»Ich habe einen Termin bei Professor Pluto«, gab Jeremias zurück und reckte sich.

Der Rüsselkäfer schluckte und nahm seine Kappe ab. »Naja, das ändert natürlich alles! Ich werde Sie zum Labor des Professors geleiten. Scheiße! Hätten Sie mir das nicht früher sagen können? Wo kommen Sie denn her?«

Während Jeremias hinter dem buckligen Portier durch die finsteren Gänge trottete, ergriff ihn plötzlich eine große innere Freude. Hier schritt er mit seinen Insektenbeinen durch die berühmteste Universität Europas! Hier arbeiteten die herausragendsten Gelehrten. Und er, der unbedeutende Forscher, gerade erst mit dem Studium fertig, eine junge Mücke, die gestern noch in drittklassigen Labors ein Dasein als Hilfskraft gefristet hatte, und er sollte jetzt der Assistent von Professor Pluto werden. Keine Frage, er hatte allen Grund zu jubeln! Und während er dem jähzornigen Rüsselkäfer nacheilte, ließ er alle Gelenke seines Chitinpanzers spielen, die Hände in den Taschen, das Haupt stolz erhoben.

Die Flure der Humboldt-Universität waren allerdings nicht dazu angetan, die Stimmung zu heben. Vom pockennarbigen aufgedunsenen Mauerwerk fiel der Putz in großen Stücken herab, und das Knacken des Parketts unter ihren Schritten verhieß nichts Gutes. Ständig musste man Zickzack laufen, um mit Schutt gefüllten Kratern auszuweichen, die sich überall da auftaten, wo die Holzbohlen eingebrochen waren. Trotz eines lahmen Beins ging der Portier mit flottem Tempo voran. Plötzlich bog er ab, um durch eine Reihe enger Flure zu eilen, die noch finsterer waren. Er sprang die Stufen der kleinen Wendeltreppen herauf, ohne sich zu vergewissern, ob Jeremias ihm noch folgte. Dieser alte Rüsselkäfer war gut in Form. Schließlich hielt er vor einer Tür aus Milchglas.

»Wenn Ihnen in diesem Labyrinth Ihr Scharfsinn nicht abhanden gekommen ist«, brummte er, »dann dürfte Ihnen klar sein, dass wir bei Professor Plutos Büro angekommen sind.«

Patacloc verkniff sich jeden Kommentar. Den erwartete der andere auch gar nicht. Er klopfte an der Tür, die von ganz alleine aufging.

»Scheiße, verdammte Scheiße! Was ist das denn für eine Sauerei?«, schrie der Rüsselkäfer.

Brechreiz ergriff die junge Mücke hinter ihm. Im Zimmer herrschte eine schreckliche Unordnung. Im kümmerlichen Licht der nackten Glühbirne, die an der Decke hing, bot sich ein Anblick des Grauens: Zerbrochene Regale, leere Schubladen und ein Wust von Papieren und Büchern waren über den ganzen Boden verstreut. An einem Strick, der an einem seiner Beine befestigt war, hing ein altes, struppiges Insekt, mit dem Kopf nach unten, einen halben Meter über dem Fußboden. Auf seiner Brust prangte ein dunkler Fleck. Das Gesicht war verschmiert, die Brille hing schief, der Mund klaffte weit auf. Auf seinem kahlen, offenbar infolge heftiger Schläge geschwollenen Kopf klebte verkrustetes Blut.

Patacloc rührte sich nicht, er war an seinen Platz gebannt wie ein Schmetterling in der Schachtel eines Insektenforschers. Der Portier hatte seine Mütze abgenommen und kratzte sich den Kopf. Wobei ein Haarbüschel zum Vorschein kam, das offensichtlich ein unvollständiges Implantat war.

»Das verschlägt einem glatt den Atem, sowas!«, murmelte er. »Bloß nichts anfassen. Kommen Sie mit, Mücke. Wir müssen die Behörden verständigen. Scheiße auch … Wer kann Professor Pluto bloß ermordet haben?«

· 2 ·
Mord in der Universität

»Verdammt nochmal, wer könnte Professor Pluto bloß ermordet haben?«, fragte lauthals der Rektor der Universität, ein gewisser Doktor Alexander Krupp, in dessen Büro sich alle versammelt hatten.

»Ach, wer könnte bloß eine so liebenswürdige alte Grille ermordet haben?«, fragte sich auch Fräulein Hermine Heinz, ihres Zeichens Rektoratssekretärin an der Humboldt-Universität. Seit der Portier und Patacloc die schlimme Nachricht überbracht hatten, wiederholte sie diese Frage ständig, wie eine Schallplatte mit einem Sprung.

»Aber wirklich! Wer könnte nur ein Interesse daran gehabt haben, diesen antiquarischen Sechsfüßer zu beseitigen?«, wiederholte ein gewisser Oskar Korff, der Kanzler der Universität. Er war es gewesen, der unverzüglich die Polizei benachrichtigt hatte.

»Also, wenn ich das richtig verstehe, hat keiner der hier Anwesenden eine Ahnung, wer Professor Pluto ermordet haben könnte«, bemerkte Kommissar Gronsch, Emil Gronsch.

Emil Gronsch war eine dicke unwirsche Schabe. Auf dem Kopf hatte er ein paar helle Härchen zurückbehalten, an denen jetzt Reifkristalle funkelten. Er trug ein Jackett, das sich so eng über seinen Schmerbauch spannte, dass die Nähte zu platzen drohten. Seine Augen waren schwarz und erbarmungslos. Er war vor Kurzem mit seinem Tross angekommen und hatte die üblichen Untersuchung am Tatort durchgeführt. Dann hatte er den Leichnam zum Abtransport in die Gerichtsmedizin freigegeben. Dort würde man den armen Professor in kleine Scheiben zerlegen, in der Hoffnung, so Hinweise auf seinen Mörder zu finden. Anschließend hatte sich der Kommissar in den Räumlichkeiten des Rektorats niedergelassen, einem eiskalten Rundbau, der etwas von einer Rumpelkammer hatte. Hier hatte er sein Hauptquartier eingerichtet, und hier führte er die ersten Befragungen durch.

Der Portier erzählte, wie er die Leiche entdeckt hatte. Nun hatte er aber die Angewohnheit, alle fünf Sekunden irgendwelche Flüche auszustoßen, und war so sehr damit beschäftigt, diese zu unterdrücken, dass seine Zeugenaussage darüber völlig unverständlich wurde.

»Und Sie, Meister Mücke, was hatten Sie dort zu suchen?«, würgte ihn der Kommissar ab. Er hatte offensichtlich nicht die Angewohnheit, Dinge und Personen mit Glacéhandschuhen anzufassen. »Wie heißen Sie?«

»Ich heiße Patacloc, Herr Kommissar. Jeremias Patacloc.«

»Grund der Anwesenheit am Tatort?«

»Ich bin ... ich war zum Assistenten von Professor Pluto ernannt worden. Ich war gerade im Begriff, meinen Dienst anzutreten.«

Gronsch notierte sich etwas auf einem kleinen Schreibblock.

»Antwort zu lang«, grunzte er. Das war fraglos so, denn der Notizblock war winzig.

»Ach! Sie sind also Herr Patacloc!«, mischte sich nun der Rektor der Universität ein, ein dicklicher Kartoffelkäfer, der etwas altertümlich gekleidet war. Er stürzte auf ihn zu, um ihm die Hand zu schütteln. »Ich bin erfreut, Sie begrüßen zu können, lieber Kollege. Wir sind alle entzückt, Sie an unserer Universität willkommen heißen zu dürfen. Hatten Sie eine angenehme Reise?« Dann fiel ihm plötzlich wieder ein, in welcher Situation sie sich befanden. »Nun ja, die Umstände, unter denen Sie hier bei uns angekommen sind ...« – er kriegte nicht so richtig die Kurve.

»Herr Kommissar«, versuchte er es von neuem, »diese junge Mücke ist ein brillanter Forscher ...« Seine Züge entglitten ihm, und er warf einen verwirrten

Blick auf die Anwesenden. »Ach, herrje! Was für ein Drama ...!«

Der Polizist runzelte die Stirn, die Fühler standen ihm zu Berge. Ganz offensichtlich hatte er durch die Unterbrechung den Faden verloren.

»Ja, in der Tat ...«

Er wandte sich wieder Patacloc zu.

»Und ... wo kommen Sie her, junger Mann?«

»Geradewegs aus Paris.«

»So was nenne ich einen guten Einstieg«, knirschte Gronsch. »Wachtmeister! Schaffen Sie mir diese Mücke aufs Revier. Dort möchte ich sie auf kleiner Flamme grillen.«

Schlagen
Stank!
PHB

· 3 ·
Eine prächtige Polizei

Berlin, am 13. des Jahres 45 nach dem Großen Kladderadatsch

Befragung der Person Patacloc, Jeremias. Mücke, männlich. Durchgeführt von Bezirkskommissar Emil Gronsch, Kommissariat der Abteilung 3, Friedrichstraße, Berlin 4. (Transkript von Fräulein Hoffmann, Termitin zweiter Klasse.)

Frage: »Name?«

Antwort: »Patacloc.«

»Vorname?«

»Jeremias.«

»Beruf?«

»Forscher auf dem Gebiet der Protoliteratur.«

»Was ist das für ein Quatsch?«

»Das ist kein ... Es handelt sich um Literatur, die vor unserer Ära entstanden ist, in älteren Kulturen. Ich meine weder wissenschaftliche Texte noch Philosophie im eigentlichen Sinne ...«

»Stop! Versuchen Sie nicht, mir das Gehirn mit Ihrem Blabla zu verkleistern, junger Mann. Sie sprechen von Büchern, die von Menschen geschrieben wurden, nicht wahr?«

»So könnte man es sagen.«

»Ich möchte festhalten, dass Ihre Antwort schwammig ist. Das fängt ja gut an. Wo kommen Sie her?«

»Aus Paris.«

»Wie es heißt, ist Paris ziemlich zerstört! Und es heißt auch, dass die Leute dort einen ziemlich hornissenartigen Charakter haben.«

»Genau genommen scheint es mir dort nicht viel anders zu sein als hier, Herr Kommissar.«

»Sie finden also, dass die Berliner etwas von Hornissen an sich haben?«

»Das habe ich nicht gesagt ...«

»Da haben wir's. Sie halten mich wohl für etwas unterbelichtet! In Kürze: In Ihrer ersten Aussage haben Sie erklärt, dass man Sie gerade zum Assistenten von Professor Pluto ernannt hatte. Was war das Spezialgebiet des Professors? Und was wäre Ihre Aufgabe an seiner Seite gewesen? ... (Keine schlechte Frage, nicht wahr, Fräulein Hoffmann?)«

»Professor Pluto war der hervorragendste Fachmann auf dem Gebiet der Humanwissenschaften. Ich sollte mit ihm zusammen die letzten Texte des Homo sapiens studieren, die vor der Katastrophe geschrieben wurden.«

»Humanwissenschaften! Pah! Was ist das für eine Hornisserei?«

»Einige Wissenschaftler meinen, dass es wichtig ist, diese Kultur zu studieren, auch wenn sie untergegangen ist.«

»Ach ja, und warum bitte?«

»Diese Diskussion sprengt vielleicht den Rahmen einer polizeilichen Befragung.«

»Bis auf weiteres bestimme immer noch ich die Grenzen unserer Diskussion, Sie kleine Schmeißfliege! Mir sträuben sich allmählich die Fühler. Also antworten Sie mir: Warum interessieren Sie sich für diese jämmerliche Gattung Mensch?«

»Ich würde gern verstehen, warum sie untergegangen ist. Aber auch ...«

»Stop! Haben Sie die Antwort dieser Person mitgeschrieben, Fräulein Hoffmann? Das ist sehr aufschlussreich, nicht wahr? Man denkt, man hat alles schon einmal gehört in unserem Beruf. Aber nein, es gibt immer wieder etwas Neues! Ich persönlich sehe nicht ein, wozu es gut sein soll, seine Zeit mit dem Studium dieser dreckigen Brut zu verplempern. Vermutlich haben Sie vergessen, wer die Insektizide erfunden hat? Ich frage mich, was man euch auf der Uni beibringt. Gut, sei's drum. Wie haben Sie Professor Pluto kennengelernt?«

»Auf einem Wissenschaftskongress in Mailand. Ich habe ihm meine Forschungsergebnisse vorgelegt, die er als stichhaltig angesehen hat. Er hat mich gebeten, zu seinem Team zu stoßen, hier an der Humboldt-Universität.«

»Ich frage Sie nicht nach dem Thema Ihrer ach so stichhaltigen Forschungen, das würde mir nur die Neuronen verschleißen. Aber es würde mich schon interessieren, wie das Thema dieses Kongresses eigentlich lautete?«

»Der Klimawandel.«

»Und das heißt?«

»Es ging um die Frage, ob wir gerade eine Umkehrung des Klimas durchmachen und ob uns das nicht zu einer neuen Eiszeit führt.«

»Fräulein Hoffmann, streichen Sie diese Frage, und auch seine Antwort. Diese Mücke bringt mich ganz aus dem Konzept, mit seinem schlauen Getue.«

~~»Und das heißt?«~~

~~»Es ging um die Frage, ob wir gerade eine Umkehrung des Klimas durchmachen und ob uns das nicht zu einer neuen Eiszeit führt.«~~

Jeremias wand sich auf seinem Stuhl, es wurde ihm immer unbehaglicher zumute. Gronsch ließ kurz von ihm ab: »Wachtmeister, bringen Sie mir ein Bier! – Fräulein Hoffmann, bitte! Sie sind nicht verpflichtet, stupide alles aufzuschreiben, was ich sage. – Nun weiter im Text. Was hielten Sie denn von Professor Pluto?«

»Er war ein ganz außergewöhnliches Insekt, von unglaublicher Weitsicht.«

»Hoppla! Da wird er ja eine ziemliche Lücke reißen. Welche Gefühle haben Sie für ihn empfunden?«

»Tja ... die größte Hochachtung. Sie wissen ja, Herr Kommissar, ich hatte nicht die Zeit, ihn richtig kennenzulernen. Einmal abgesehen von unserem Gespräch in Mailand, einigen Telefongesprächen und unserem Briefwechsel.«

»Fanden Sie ihn sympathisch? Seine Universitätskollegen sagen, er sei ein bisschen seltsam gewesen.«

»Ich weiß nicht, was ich sagen soll ... persönlich kannte ich ihn kaum.«

»Ja, ja. Da haben wir's. Sie kannten ihn kaum, aber sie hatten die feste Absicht, ihn von seinem Posten zu verdrängen!«

»Äh ..., Sie belieben zu scherzen?«

»Sehe ich aus wie ein Spaßmacher, Herr Pataclocʔ«

»Eigentlich nicht.«

»Wachtmeister! Stecken Sie ihn in die Zelle, ehe ich ihm die Beine ausreiße!«

Richter Müller hatte einen klitzekleinen, eiförmigen Kopf, der auf einen rundlichen Körper aufgepropft war. Sein Stadtanzug mit Nadelstreifen roch geradezu maßgeschneidert. Seine etwas schlaffen behaarten Fühler fielen ihm auf die Hängebacken. Er warf das Aussageprotokoll von Patacloc auf seinen Schreibtisch. Man hatte sich im großen Salon seiner Privatwohnung getroffen, nicht weit von Unter den Linden. Im kahlen Garten, den man durch die großen Glasfenster sehen konnte, wurde es langsam dunkel. Kommissar Gronsch stand auf der einen Seite des Tisches, kerzengerade wie ein Zinnsoldat, während auf der anderen Seite ein großes Goldkäferweibchen[5] unruhig von einem Bein aufs andere trat.

»Ein Fall wie aus dem Lehrbuch«, seufzte der Richter. »Diese Mücke Patacloc ist mit allen Wassern gewaschen. Der ist nicht dumm. Er redet so, als stünde er vor einer Prüfungskommission. Und gibt eine Verrücktheit

5 Goldkäfer: Insekt mit metallisch reflektierenden Flügeln, auch Laufkäfer genannt

nach der anderen von sich, mit einer Dreistigkeit, bei der es einem kalt den Rücken herunterläuft. Dabei ist er so verdorben, dass eine Besserung ausgeschlossen scheint. Kurz, er ist gefährlich.«

Gronsch und der Goldkäfer nickten.

»Ich rekapituliere«, fuhr der Richter fort. »Emil, Sie werden ihn mangels Beweisen laufen lassen müssen. Soviel steht fest. Übertreiben Sie's nicht, aber er sollte ein bisschen auf Trab gebracht werden, ich verlasse mich auf Sie. Setzen Sie ein paar von Ihren Leuten auf ihn an. Wir werden überlegen, wie wir ihn am besten zu fassen kriegen. Was Sie betrifft, Hilda, so beobachten Sie ihn aus nächster Nähe. Geben Sie auf ihn acht. Nichts, was er tut, darf Ihnen entgehen. Zögern Sie nicht, ihm zuzusetzen. Das können Sie doch gut. Treiben Sie ihn zur Verzweiflung.«

»Ich habe verstanden, Herr Richter.«

»Nehmen Sie es mir nicht übel, meine liebe Hilda«, fuhr der Richter fort, den das leicht verkniffene Gesicht des Goldkäferweibchens offensichtlich amüsierte. »Ich weiß die Qualitäten meiner Mitarbeiter zu schätzen: Als Nervensäge kann Ihnen so bald keiner das Wasser reichen.«

Hilda von Sturm rollte mit den Augen.

»Sie Scherzbold, was haben Sie denn nun für einen genialen Plan?«

»Sie fangen langsam an, mir mit Ihrer überheblichen Art auf die Nerven zu gehen, Sie langes Luder«, schlug der Richter, dessen Kopf plötzlich hochrot angelaufen war, zurück.

Er bohrte seinen Blick in Hildas Augen. Einen Augenblick starrten sie sich an, bereit, auf einander loszugehen. Gronsch hüstelte, in der Hoffnung, die beiden wieder zur Vernunft zu bringen.

»Heute Abend auf der Versammlung werden wir weitersehen«, schloss der Richter. »Sie können sich auf etwas gefasst machen.«

Jeremias hatte den Tag damit verbracht, auf einer Holzbank im Kommissariat in der Friedrichstraße herumzusitzen. Dort wartete er darauf, dass Kommissar Gronsch sich gnädigerweise seiner erinnern möge. Die Revierstube roch nach faulem Kohl. Sie wurde von einem Riesenofen, der wie eine Dampfmaschine vor sich hin brummte und gelegentlich eine übelriechende Qualmwolke ausstieß, bis zur Weißglut erhitzt. Inmitten dieser Rauchschwaden hatte die Mücke das Gefühl, durchsichtig geworden zu sein. Die Polizeibeamten (größtenteils Termiten) in ihren schmutzigen Uniformen gingen ihren Dienstgeschäften nach, ohne Jeremias weitere Beachtung zu schenken.

Es herrschte ein Art lockerer Feststimmung. Man rempelte sich ständig an, wie in einer Bahnhofshalle während der Rushhour. Alle naslang öffnete sich die Tür zur Straße, um einer Flut von Missetätern mit wurmstichigen Visagen Einlass zu gewähren. Augenscheinlich trieben die Polizeibeamten diese feine Gesellschaft ins Innere der Polizeiwache, um sie dort alle auf einen Haufen zu werfen. Die ganze Zeit über schrie irgendjemand herum, und die Polizisten verteilten großzügig Knüppelhiebe, um die Widerspenstigen zur Ruhe zu bringen.

Am späten Nachmittag, als Jeremias der Hintern vom langen Sitzen zu schmerzen begann, ließ sich der Kommissar schließlich dazu herab, sich mit ihm zu befassen. Es wurde ein anstrengendes Gespräch. Es gibt Momente, wo alles, was man sagen kann, sich gegen einen zu kehren scheint. Gronsch seinerseits ging mit einer Gewissenhaftigkeit zu Werke, die jedes Maß überschritt: Er hielt es vom Anfang bis zum Ende des Verhörs mühelos durch, grob, rassistisch und argwöhnisch aufzutreten.

Zum Schluss war Jeremias völlig erschöpft und fand es fast schon logisch, dass man ihn nicht freiließ, sondern bis auf weiteres in Gewahrsam nahm. In gewisser Weise erforderten das die Umstände. Alles schien gegen ihn zu sprechen.

Ein niedergeschlagen wirkender Ohrwurm[6], der unter der Last der Schlüsselbünde, die er trug, fast zusammenbrach, brachte ihn zu seiner Zelle. Die Mücke nahm es widerstandslos hin.

Der Ort war so groß wie eine Hundehütte, völlig überfüllt und stank nach Schweiß. Jeremias musste seine Ellenbogen gebrauchen, um wenigstens einen Platz in einem Winkel zu ergattern. Er schlug die Augen nieder, denn er hatte keine Lust auf Blickkontakt mit einem der anderen Gefangenen. Im übrigen stellte er fest, dass hier jeder woandershin guckte, wie in der U-Bahn. Einer stillstehenden U-Bahn, deren nächste Haltestelle niemand kannte. Jeremias hatte genug. Er ließ sich an der Wand hinuntergleiten, kauerte sich mit angezogenen Beinen hin und schlief ein.

Am nächsten Morgen kam ein anderer Ohrwurm, um ihn aus der Zelle zu holen. Der sah noch niedergeschlagener aus als sein Vorgänger. Im großen Saal des Kommissariats wartete die Chefsekretärin des Rektors der Universität auf Jeremias. Er erkannte die alte mürrische Wanze, die in einen Mantel aus dreckstarrendem Fell eingehüllt war, sofort. Sie begrüßte den jungen

6 Ohrwurm: Insekt, dessen Hinterleib in einer Zange endet. Sehr praktisch zum Aufhängen von Schlüsselbunden.

Forscher und schneuzte sich in ein kariertes Taschentuch.

»Doktor Krupp hat persönlich bei den Behörden interveniert. Er hat Ihre Freilassung erwirkt und mich letzte Nacht sehr spät angerufen, damit ich mich um die Formalitäten kümmere. Ich war gerade erst eingeschlafen.«

»Das ist sehr lieb von Ihnen, Frau ...«

»Fräulein.«

Allem Augenschein nach tat sich die Sekretärin schwer damit, ihren Auftrag zu so früher Stunde zu erledigen. Sie machte keinen Hehl daraus, wie lästig es ihr war, so ein unbedeutendes Problem zu regeln.

»Natürlich war danach an Schlaf nicht mehr zu denken. Alles in allem habe ich vielleicht eine halbe Stunde geschlafen.«

»Auch ich habe nicht sonderlich gut geschlafen«, sagte Jeremias.

Fräulein Heinz warf ihm einen Blick zu, der vor Mordlust funkelte.

»Was kommt den Leuten bloß in den Sinn, ihre Gefangenen um 6 Uhr morgens freizulassen! Ich wohne am anderen Ende von Berlin, Herr Patacloc! Ich musste um Viertel nach fünf aufbrechen. Und das bei dieser verdammten Kälte!«

Die Mücke stammelte noch ein Dankeschön. Dann verließen sie das Kommissariat und bestiegen ein Taxi, das auf sie wartete. Ein eisiger Wind fegte über den Bürgersteig. Im Licht der Morgendämmerung zeichneten sich die Silhouetten der Ruinen gegen den Horizont ab. Der Fahrer, eine Laus mit einer Mottenvisage, drehte sich zu ihnen um.

»Wenn es Ihnen nichts ausmacht, Fräulein ...,« sagte Jeremias, »so würde ich gern auf einen Sprung in mein Hotel, bevor ich zur Universität fahre. Das ist am Pariser Platz.«

Der Taxifahrer musterte die alte Wanze.

»Na, Oma! Haben wir den Sohnemann vom Revier abgeholt, was?«

Fräulein Heinz wurde steif wie ein Stock und kniff die Mandibeln zusammen.

»Ich sehe schon, dass mir heute nichts erspart bleibt«, knirschte sie.

»Dann mal auf zum Pariser Platz«, rief der Fahrer und fuhr mit quietschenden Reifen los.

· 4 ·
Eine hinreißende Studentin

»Ja, ich weiß, Frau Biedermeier gilt als etwas streng«, räumte Doktor Krupp ein.

Der Rektor der Universität hatte sich bei der Ankunft der Mücke von seinem Sessel erhoben; eine Anstrengung, die über seine Kräfte zu gehen schien. Dieser etwas rundliche Herr hasste es, gestört zu werden, und mit ihm eine Verabredung treffen zu können, grenzte schon an ein kleines Wunder. Die Ermordung Professor Plutos und die Verhaftung Pataclocs hatten ihn gezwungen, aus der Reserve zu kommen. Es gibt Leute, die streben nach Macht, um von sich reden zu machen; für Krupp stellte sie lediglich das sicherste Mittel dar, in Ruhe gelassen zu werden. Unannehmlichkeiten jeglicher Art bedrückten ihn.

»Das ist sehr vorsichtig ausgedrückt«, beharrte Jeremias. »Als ich eben beim Hotel vorbeigeschaut habe, stand mein Koffer bereits in der Eingangshalle. Auf meine erstaunte Frage hin eröffnete mir Frau Biedermeier, sie weigere sich, jemanden zu beherbergen, der Scherereien mit der Polizei habe.«

PHB.

»Das kann ich gut verstehen!«, mischte sich Fräulein Heinz ein. »In einem guten Haus gibt es so etwas nicht. Und die Pension Biedermeier hat einen ausgezeichneten Ruf.«

»Aber das ist doch absurd«, protestierte die Mücke. »Ich habe überhaupt nichts getan.«

»Ich bin Berlinerin, und ich finde das absolut gerechtfertigt.«

»Offenheit ist nicht unbedingt ein Zeichen von Takt, Fräulein Heinz«, erwiderte die Mücke Patacloc, der die Launen der alten Jungfer allmählich auf die Nerven gingen.

»Nun, ich respektiere Ordnung und Anstand. Jedem das Seine.«

»Hermine, würden Sie bitte den Mund halten«, brummte der Rektor, den die Einmischung seiner Sekretärin irritierte. »Wir müssen für diesen jungen Mann eine Lösung finden. Schließlich können wir ihn nicht auf der Straße lassen. Ich will Ihnen nichts vormachen, Herr Patacloc, das Ableben des Professors Pluto bringt uns in eine schwierige Lage. Ich brauche Sie. Wäre es Ihnen recht, ihn fürs Erste zu vertreten?«

Als er das verdatterte Gesicht der Mücke sah, beeilte er sich hinzuzufügen: »Das wäre natürlich nur übergangshalber, solange, bis wir uns wieder einigermaßen sortiert haben. Sie bräuchten keine Lehrveranstaltungen abzuhalten. Das hat der Professor auch nicht getan; er hat sich ganz seiner Forschung gewidmet. Sie würden lediglich die Fortführung seiner Arbeit sicherstellen. Schließlich hatte Sie ja der Professor selbst zu seinem Assistenten bestimmt. Sie könnten also für einige Zeit seine Stelle einnehmen.«

Nach der Nacht, die er hinter sich hatte, hatte Jeremias Mühe, eine zusammenhängende Antwort zu formulieren. Der Mund blieb ihm offen stehen, er machte ein dummes Gesicht und dachte dabei, was für ein dummes Gesicht er wohl machte, während er so mit offenem Mund dastand.

Unter all seinen Fettschichten mangelte es dem Rektor keineswegs an Scharfsinn. Er spürte die Verlegenheit des jungen Wissenschaftlers.

»Wenn Sie diesen Posten annehmen, könnten wir Ihnen selbstverständlich fürs Erste eine kleine Wohnung auf dem Universitätsgelände zur Verfügung stellen.«

Fräulein Heinz, der an diesem Tage offenbar wirklich nichts erspart bleiben sollte, begleitete Jeremias durch ein Labyrinth von Gängen zu einer Art verrottetem Schrank, der unter einer Treppe Platz gefunden hatte. Drei Viertel der Fläche nahm ein Strohsack ein.

Um das Unglück perfekt zu machen, befand sich die Wohnung nur wenige Schritte von der Portiersloge entfernt, genauer gesagt, direkt neben dem Platz, wo der alte Griesgram sein Essen zubereitete. Zur Essensstunde raubte einem da ein abenteuerlicher Geruch den letzten Atem.

Ein großer Geist muss die kleinen Widrigkeiten des Alltags ignorieren können. Aber muss er deswegen auch noch Sarkasmus ertragen? Das hämische Lächeln, mit dem ihm Fräulein Heinz die Tür seiner Bleibe aufhielt, wäre ihr beinahe zum Verhängnis geworden. Aber Jeremias wußte sich gerade noch zu beherrschen. Die alte Wanze zu Brei zu schlagen, kam nicht in Frage. Er steckte schon tief genug in der Scheiße.

Leberecht Bulkow, ein junger Maikäfer[7], arbeitete seit kurzem als Reporter bei *der* **Dipteren-Zeitung**, einer Berliner Tageszeitung, die nur noch ein- oder zweimal die Woche erschien – wenn man genug Papier ergattert hatte und wenn es den Druckern gelang, die Rotationspressen in Gang zu setzen. In diesem Augenblick trank Leberecht gerade mit seinem Freund Peter ein Bier in einem Café am Alexanderplatz. Ein windschiefer Bretterbau, der mitten auf dem Platz errichtet worden war,

7 Maikäfer: Weitverbreitetes Insekt, in der Regel rostbraun

als Ersatz für all die Gebäude, die in Trümmern lagen. Hier konnte man ausgezeichnete Schimmelwürstchen mit Mayo bekommen.

Sie hatten sich eine halbe Stunde die Beine in den Bauch stehen müssen, bevor die Bedienung, eine goldbraune Schabe[8], sich dazu herabließ, ihre Bestellung entgegenzunehmen. Dann dauerte es noch eine weitere Viertelstunde, bis sie ihr Getränk bekamen. Zur Entschuldigung der Bedienung muss vermerkt werden, dass justament eine ganze Kolonne von Ameisen in das Café geströmt war, die dort ihr Mittagsmahl zu sich nehmen wollten. Die Arbeitsameisen waren damit beschäftigt, die Ruinen in der Umgebung freizuräumen.

Leberecht und Peter waren zusammen in Kreuzberg aufgewachsen. Und sie hatten seit ewigen Zeiten dieselben Gesprächsthemen: Politik und Frauen. Was das erste wie das zweite Thema betraf, so waren sie beide ziemlich desillusioniert.

»Heute morgen, beim Gericht«, erzählte Peter, der Rechtsanwalt war, »hat sich Richter Müller vielleicht etwas geleistet ... Ein Lakai in weißer Weste hat ihm ein Tablett mit seinem Frükstück – Crêpes mit Madenfüllung, Schimmelaufschnitt – in den Gerichtssaal

8 Goldbraune Schabe: Braunes Insekt mit goldenen Streifen, das sich gern an stark frequentierten Orten aufhält

getragen, während der Verhandlung, so als ob das ganz normal wäre ...«

»Während der Verhandlung?«

Leberecht sah ihn ungläubig an.

»Ja. Kannst du dir das vorstellen, einen Prozess, bei dem es nach Rührei mit Schinken riecht? Wie soll man da Achtung vor der Justiz haben?«

»Rien ne va plus! Bei den Kerbtieren geht alles den Bach runter!«, schrie Leberecht, wobei er so tat, als lese er eine Schlagzeile vor.

»Lach du nur! Das ist echt tragisch. Dass Unsereiner keine Ahnung von der Wartung und Pflege der technischen Einrichtungen hat, mag ja noch hingehen. Aber es ist viel schlimmer – es ist uns scheißegal. Und das Resultat: Die paar Sachen, die seit dem Großen Kladderadatsch überhaupt noch funktionieren, verkommen zusehends. Von einigen notdürftig geflickten Provisorien abgesehen, funktioniert nichts mehr richtig. Aber alle tun so, als ob das normal wäre.«

»Ach, à propos funktionieren ... hast du die schöne Charlotte in letzter Zeit gesehen?«

»Ach, die, hör' mir mit der auf. Die ist ja im prähistorischen Stadium stehen geblieben. Neulich hat sie mir allen Ernstes erklärt, wie schade es sei, dass die Insekten den Balzflug aufgegeben haben. Wenn es nach ihr ginge, müssten wir stundenlang mit wackelndem

Hinterleib um sie herumtanzen, um sie rumzukriegen. Anschließend müssten alle Männchen übereinander herfallen, um sich gegenseitig umzubringen. Der Überlebende dürfte sie dann begatten. Voll altmodisch.«

»Wie dem auch sei, mein Lieber. Für ein prähistorisches Insekt ist Charlotte verdammt hübsch, dieser kleine Hüpfer ...«

»Zugegeben. Übrigens, wenn man vom Hüpfer spricht ...«

Eine Libelle mit Wespentaille kam hüftschwingend auf sie zu. Elegant bahnte sie sich einen Weg durch die Ameisen, die sich mit Würstchen vollstopften.

»Die unverhoffte Ankunft der schönen Charlotte bedeutet immer jede Menge Katastrophen«, vermerkte Leberecht ironisch.

Sie rückten zusammen, damit das Mädchen an ihrem Tisch Platz nehmen konnte.

»Ich wußte, dass ich euch hier finden würde. Etwas Schreckliches ist passiert ...«

Die beiden Freunde zwinkerten sich diskret zu.

»Professor Pluto ist ermordet worden«, sagte Charlotte und brach in Tränen aus. Sie war Studentin an der Humboldt-Universität und arbeitete als Praktikantin im Labor des Professors.

Mit ihrem verweinten Gesicht und ihrem flotten Faltenrock war sie unwiderstehlich.

Volle Deckung: In einem solchen Notfall schweigen die Waffen. Peter und Leberecht taten ihr Bestes, um die Schöne zu trösten. Ihre tröstenden Worte saugten die Tränen auf wie ein Wasserkäfer; dann konnte Charlotte ihnen Näheres erzählen.

Als sie ihren Bericht beendet hatte, stürzte Bulkow, als guter Reporter, zum Telefon. Außer Betrieb.

»Wie kommt es, dass keiner darüber informiert worden ist?«, fragte er Charlotte als er zurück war.

»Das Ganze ist auf dem Universitätsgelände passiert. Ich könnte mir vorstellen, dass die Behörden und die Unileitung Neugierige fernhalten wollen.«

Leberecht fühlte sich angesprochen. Gerade wollte er ansetzen zu einem spontanen Vortrag über die Pflicht von Journalisten, sich am Tatort eines Verbrechens herumzudrücken oder über Feuersbrünste oder Autounfälle zu berichten, da kam eine Truppe von angetrunkenen Blattläusen ins Café. Nach den üblichen Beschimpfungen – die Ameisen weigerten sich, ihnen Platz zu machen – kam es auch prompt zu einer Schlägerei. Bald flogen Teller und Gläser durch die Luft, schließlich sogar Stühle. Peter, Leberecht und Charlotte duckten sich, um den Fluggeschossen auszuweichen.

Als schließlich ein sauber abgetrenntes Ameisenbein auf ihrem Tisch landete, zogen die drei es vor, das Lokal zu verlassen.

Draußen, auf dem eisglatten Bürgersteig trennten sie sich. Peter ging zurück zum Gericht, Charlotte zur Uni, und Leberecht raste zur Dipteren-Zeitung.

Jeremias teilte sich einen kleinen, neben seinem Zimmer gelegenen Waschraum mit dem hinkenden Portier. Herr Grunnaf – so hieß er – war viel älter, als man glauben mochte. Davon legte sein zerfurchter, geriffelter Panzer Zeugnis ab. Er gehörte zur ersten Generation der Insekten-Mutanten. Zu dem Zeitpunkt, als die Katastrophe die menschliche Gattung vom Antlitz der Erde gefegt hatte, an jenem großen Tage, als die Insekten ihren Platz einnahmen, musste er noch ein ganz junger Rüsselkäfer gewesen sein. Unter diesen Umständen wunderte es die Mücke, dass sich der Portier mit so einem unscheinbaren Posten zufrieden gegeben hatte.

In der Regel hatten die Insekten der ersten Generation gleich die bedeutendsten Posten in Beschlag genommen, als Bankdirektoren, Minister, Fabrikleiter. Einige Monate lang gab es einen mörderischen Wettlauf um die fettesten Brocken. Danach kehrte wieder Ordnung ein, zumindest dem Anschein nach. Es blieben noch genug untergeordnete Posten als Trostpreis.

Später erfuhr Jeremias, dass der Portier eine Zeitlang Rektor der Universität gewesen war, bevor er wegen seiner offenkundigen Unfähigkeit aus seinem Amt entfernt wurde. Einer Unfähigkeit, die sich in der Zwischenzeit immer mehr verstärkt hatte.

Das Ergebnis: Ein verbitterter unausstehlicher Alter, mit dem Patacloc jetzt das Bad teilen musste.

An diesem Nachmittag versuchte unsere Mücke, sich etwas frisch zu machen. Er kämmte seine Härchen und versuchte, Ordnung in seine Gedanken zu bringen. Seit er in Berlin angekommen war, war so Vieles geschehen, und zwar völlig andere Dinge, als er sich vor Antritt dieser verdammten Reise vorgestellt hatte. Er rückte seinen Kragen zurecht, musterte sich noch einmal im Spiegel des Waschraums, versuchte sich in der Pose des Interimsprofessors, lächelte sich zu, um sich Mut zu machen, und begab sich dann zum Labor.

Voller Beklemmung stieß er die Glastür auf. In seinem Kopf drängten sich immer noch die Bilder vom Vortag: der Professor, der an seinem Bein aufgehängt war, mit eingeschlagenem Schädel.

In dem Raum, inmitten all der Papiere, war ein großes Goldkäferweibchen mit dem Aufräumen beschäftigt und wandte sich nun zu Jeremias um:

»Herr Patacloc, nehme ich an. Ich bin Hilda von Sturm. Ich war die Assistentin von Professor Pluto.«

Sie hielt ihm eine Hand hin, die Jeremias ergriff. Sie war trocken wie ein Blatt Papier. Ihm war sofort klar, dass die Dame ein harter Brocken war. Gar kein Zweifel. Da hatte dieser junge Springinsfeld sich einen Posten unter den Nagel gerissen, auf den sie offensichtlich schon seit langem scharf war ...

»Die Polizei ist gerade wieder abgerückt«, fuhr sie fort. »Sie haben alles mitgenommen, was sie für ihre Ermittlungen für notwendig hielten. Also habe ich angefangen, wieder etwas Ordnung zu schaffen.«

»Wenn Sie wollen, kann ich Ihnen gern beim Aufräumen helfen.«

»Sehr liebenswürdig von Ihnen, Herr Patacloc.«

»Hilda, ich bitte Sie, nennen Sie mich doch einfach Jeremias.«

»Fräulein von Sturm wäre mir sehr recht, Herr Interimsprofessor.«

Die Bohnenstange von einem Käfer fuhr mit ihrer Arbeit fort. Einen Augenblick lang beobachtete Jeremias wie sie die über den Boden verstreuten Bücher aufsammelte, stapelte und dann in die Bibliothek räumte.

»Ich zähle auf Sie, Fräulein von Sturm«, sagte Jeremias schüchtern. »Darauf, dass Sie mir die Abläufe hier im Labor erklären: den Stundenplan, wer meine Mitarbeiter sind, den weiteren Verlauf der Forschungen ...«

Das Goldkäferweibchen fuhr herum. Ihre metallisch glitzernden Züge hatten sich verhärtet und ein finsterer Schimmer lag in ihrem Blick. Patacloc spürte, wie sich eine eisige Einsamkeit auf seinen Nacken senkte. Irgendetwas stimmte hier nicht. Dies alles ging weit über normale Konkurrenz unter Kollegen hinaus.

Hinter ihm erklang eine helle Stimme.

»Guten Tag, Hilda. Guten Tag, mein Herr«, sagte Charlotte.

Jeremias, der noch ganz in seinen trüben Gedanken befangen war, kam es so vor, als stelle man mit ihm ohne sein Wissen so etwas wie ein Experiment zur sinnlichen Wahrnehmung an. Anscheinend bombardierte man ihn mit widersprüchlichen Reizen, um seine Reaktionen zu testen. Die junge Frau, die gerade eingetreten war, war umwerfend. Ihre leichte Art streifte einen wie eine Feder, und ihr frischer Duft allein war schon genug, dem Leben wieder einen Sinn zu geben.

Patacloc, den sein neuer Titel Interimsprofessor mit Stolz erfüllte, stellte sich vor. Hilda verkniff sich jeglichen Kommentar. Den schien seine Beförderung nicht zu verdienen. Dann machten sie sich zusammen daran, das Labor aufzuräumen. Jeremias schien dies der beste Weg, sich mit den Laborakten vertraut zu machen. Und ganz nebenbei konnte er so auch die kleine Praktikantin besser kennen lernen.

Professor Pluto war auf Charlotte aufmerksam geworden, weil sie eine Begabung für streng wissenschaftliches Arbeiten hatte und sich mit Begeisterung in die Lektüre alter Schriften vertiefte: Sie hatte eine Arbeit über das Insektenbild in der Literatur des Homo sapiens in Angriff genommen. Der Professor hatte ihr angeboten, zu seinem Team zu stoßen.

»Und was machen Sie so am Abend, wenn Sie Ihre verstaubten Bücher hinter sich gelassen haben?«, fragte Jeremias sie ganz ungezwungen.

Für einen Intellektuellen, der so seine Probleme mit Frauen hatte, etwas häuslich war und, sagen wir's ruhig, ein bisschen verklemmt, war das eine geradezu waghalsige Frage. Charlotte warf ihm einen verschmitzten, etwas schalkhaften Blick zu. Hilda runzelte leicht die Stirn, tat aber im übrigen so, als habe sie nichts mitgekriegt.

»Ich treffe mich mit Freunden. Wir gehen ins Café, alles, was Studenten halt so machen«, antwortete die Schöne. »Können Sie mir mal die Manuskripte da reichen? Ich glaube, das sind die letzten Aufzeichnungen des Professors.« Hier verdunkelte sich ihr Blick. »Ich mochte den Professor gern. Ein alter Herr, vielleicht etwas spinnert, mit seltsamen Ideen, aber voller Begeisterung. Er sprudelte nur so vor Lebenskraft, der Arme ...«

»Dann lassen Sie uns ihm Ehre erweisen, indem wir seine Forschungen fortführen«, sagte Jeremias, den die Gefühle der Studentin rührten. Unter ihrer etwas gezwungenen Art verbarg die hübsche Libelle ein Herz aus Gold. Er machte eine zaghafte Bewegung auf sie zu. »Bitte nicht diese Manuskripte, Fräulein Charlotte. Darauf möchte ich nachher noch einen Blick werfen.«

»Soweit ich das beurteilen kann, scheinen mir diese Aufzeichnungen nicht sonderlich interessant zu sein«, mischte sich Hilda ein.

»Daran zweifle ich auch nicht, Fräulein von Sturm. Aber Sie werden mir erlauben, sie in Augenschein zu nehmen. Ein Dokument kann viele Überraschungen bereithalten, wenn man es bei Licht betrachtet.«

»In diesem Fall rate ich Ihnen, sich eine gute Lampe zu kaufen, Herr Interimsprofessor.«

»Einverstanden, und wenn ich Scheuklappen brauche, werde ich mich vertrauensvoll an Sie wenden, Fräulein Assistentin«, konterte Jeremias.

Hilda von Sturm steckte den Schlag ein, aber ihr Blick überzog sich mit einem trüben Schleier.

Sie drehte der Mücke den Rücken zu und begann wieder mit ihrer Sortierarbeit.

Die lässige Anmut Charlottes hatte Patacloc völlig umgehauen. Als ihm klar wurde, dass der Nachmittag zu

Ende war (draußen war es bereits dunkel), hatte er keine Lust mehr, sie zu verlassen. Er begleitete sie zum Eingangsportal der Universität und redete über Dieses und Jenes. Die großen, neckischen Augen der Libelle machten ihn gesprächig. Alles kam zur Sprache: seine Forschungsarbeiten in Paris, seine Erinnerungen an Professor Pluto und sein Aufenthalt im Polizeirevier. Als er ihr schließlich vorschlug, zusammen etwas trinken zu gehen, stimmte die Praktikantin zu.

»Aber Sie ... Sie müssen bestimmen, wo wir hingehen, Charlotte!«, sagte Jeremias, die Mücke. »Ich kenne mich in Berlin überhaupt nicht aus.«

»Mögen Sie lieber ruhige Lokale, Professor, oder die, wo was los ist?«

Eigentlich hätte Jeremias ein ruhiges Plätzchen vorgezogen, gern auch romantisch, aber er entschied sich für das Laute, Verrauchte, Überfüllte – damit die Libelle nicht glaubte, er wolle sie aufreißen.

· 5 ·
Die parfümierten Barbaren

In der Straße lag eine Bar neben der anderen. Eine Art Abfüllviertel für Junginsekten, die sich treiben ließen. Draußen tobte ein Schneesturm mit zunehmender Wut, ein paar verirrte Seelen hingen noch auf dem Bürgersteig rum. Die meisten drängten sich aber hinter den großen Fenstern.

Irgendwo eingeklemmt in der Nähe des Tresens fragte sich Jeremias, woran diese Horde parfümierter Barbaren hier bloß Vergnügen finden mochte. Wahrscheinlich einfach am Eingeklemmtsein. Er hasste solche Anballungen – er war gezwungen zu schreien, wenn er sich bei Charlotte, die nur wenige Zentimeter neben ihm saß, Gehör verschaffen wollte. Aber die Aura ihrer Nähe betörte ihn. Sie hätte selbst einen Haufen Müll verzaubert.

Zwei Maikäfer kamen zu ihnen und begrüßten sie. Sie ließen sich an ihrem Tisch nieder. Peter und Leberecht, denn um die beiden handelte es sich, wechselten einen vielsagenden Blick. Keine Frage, der Schwarm der balzenden Männchen hatte Zuwachs bekommen ...

Die Gesellschaft ihrer Minneritter beflügelte Charlotte. Mit einem hinreißenden Lächeln stellte sie Jeremias den beiden vor. Kaum hatte Leberecht erfahren, wen er vor sich hatte, verwandelte er sich: Er wurde bis in die Spitzen seiner Fühler wieder zum Reporter und machte sich Notizen als Jeremias von der Entdeckung des Verbrechens und seiner Verhaftung erzählte.

»Alles, was recht ist, zumindest hatten Sie einen fulminanten Einstieg«, scherzte der junge Reporter. Dann zeigte er auf seinen Notizblock: »Meine Zeitung hat mich beauftragt, über die Untersuchung der Ermordung des Professor Pluto zu berichten. Was soviel heißt, wie dass ich Sie nicht aus den Augen lassen werde!«

»Ich hatte schon die Polizei im Nacken«, sagte Jeremias. »Die Presse hat mir gerade noch gefehlt.«

»Aber nein, mein Lieber, Sie irren sich«, unterbrach ihn Peter. »Was Sie brauchen, ist ein Rechtsanwalt. Polizei + Zeitungsleute = Rechtsanwalt. Das ist ein mathematisches Gesetz.«

»Charlotte, du bist ein tolles Mädchen«, warf Leberecht ein. »Willst du dich uns nicht anschließen? Mit dir sind wir ein Mordsteam!«

Er nutzte die Gelegenheit, um ihr einen Kuss auf die Wange zu geben.

»Himmel, nein. Lasst mich da bloß raus!« Nichtsdestoweniger lächelte Charlotte schelmisch.

»Aber wir werden das Rätsel um Professor Plutos Tod lösen!«, rief Leberecht aus, der zu allzu großer Begeisterung neigte.

»Vor allem werdet ihr Herrn Patacloc in Schwierigkeiten bringen ...«

»Jeremias«, unterbrach sie die Mücke sanft.

»Findet ihr nicht, dass ... Jeremias schon genug Probleme hat?«, fragte Charlotte.

Kurz darauf trennte sich Patacloc von der kleinen Truppe. Jeder ging zu sich nach Hause. Man hatte vereinbart, dass er sich mit Leberecht Bulkow am Nachmittag des darauffolgenden Tages treffen sollte.

Jeremias legte einen hurtigen Schritt vor, um zur Universität zurückzukehren. Auf halbem Wege holte ihn die eisige Kälte ein. Er erhöhte sein Tempo. Plötzlich hörte er ein Geräusch hinter sich. Drei große Schaben waren ihm auf den Fersen.

Eine Riesenpranke packte Patacloc am Kragen seines Überziehers, hob ihn vom Bürgersteig, als wäre er eine Feder, und knallte ihn gegen eine Mauer. Ein von Narben verwüstetes Gesicht näherte sich Jeremias bis auf wenige Zentimeter.

»Du tätest gut daran, nicht soviel zu schnüffeln, du Mikrobe.«

»Ehrlich, ich weiß nicht, wovon ...«

Der Fausthieb traf Patacloc mitten in den Magen. Er kroch auf allen Vieren, Brechreiz schüttelte ihn. Die Schabe zog ihn hoch und drückte ihn mit dem Rücken gegen die Mauer.

»Sie sind ja verrückt!«, schrie die Mücke.

Der Rohling schlug noch einmal zu.

»Okay, Jungs.« Jeremias schnappte nach Luft, er war wieder auf allen Vieren gelandet. »Kein Problem. Einverstanden ... Alles, was ihr wollt.«

Als er den Kopf wieder zu heben wagte, sah er im blassen Schein der Straßenlaternen, wie die drei Schaben sich entfernten.

Als er bei der Universität ankam, mit blutiger Stirn, zerrissenem Mantel und reichlich zerknittert, warf ihm der Portier einen finsteren Blick zu.

»Sie scheinen ein Talent dafür zu haben, sich ständig Ärger einzuhandeln«, brummte Grunnaf. »Darf ich Ihnen einen Rat geben, tun Sie so, als ob Sie mich nicht kennen würden. Ich habe keine Lust, in Ihre Geschichten verwickelt zu werden.«

»Danke«, sagte die Mücke und ging langsam zu ihrem Zimmer. »Ich wusste, dass ich auf Sie zählen kann.«

Im schwarzen Salon konnte man unbewegliche Silhouetten erkennen; der einzige Lichtfleck war die Lampe, die auf dem Rednertisch stand. Über seine Notizen gebeugt, sagte das Insekt mit gleichförmiger Stimme seinen Text auf. Es kaute seine Worte, so wie ein Vegetarier seine Buchweizenkörner kaut, mit der gleichen Beflissenheit und rigorosen Lustlosigkeit.

»Ja, ihr Insekten! Ich sage euch: Die Menschen wollten vom Angesicht der Erde gefegt werden. Sie strebten ihrem Untergang zu. Diese sekundäre Spezies hatte die Sprödheit des feinsten, durchscheinenden Porzellans erreicht. So überzüchtet war sie, und gleichzeitig so verkommen, so verdorben, dass sie sich weismachen wollte, sie sei der alleinige Urheber ihres Untergangs. *(Gemurmel im Saal)* Eine blinde und überhebliche Subspezies, die auf ihren eigenen Untergang hinarbeitete, aber deren Rolle es war, ohne es zu wissen, die Ankunft einer höheren Kultur vorzubereiten *(frenetisches Fußgetrappel)* ... der unseren.

Ja, ihr Insekten, Kameraden, die List des Schicksals ist unergründlich. Es hat verfügt, dass unseren entschiedensten Verfolgern die Aufgabe zukam, Tag für Tag, Jahrhundert für Jahrhundert, unserer absoluten Herrschaft den Weg zu ebnen. *(Raunen der Zustimmung).* Ja, die kosmische Überlegenheit der Insekten kann kein Werk des Zufalls sein. Unser unaufhaltsamer Aufstieg war seit dem Beginn der Welt vorherbestimmt. Halleluja!«

Im Saal reckten sich Arme in die Höhe, und die Anwesenden brachen in laute, guttural klingende Rufe aus. Alle hatten sich erhoben. Der Redner hinter seinem Tisch verneigte sich vor den Zuhörern, dann verschwand er hinter den Falten eines Vorhangs an der rückwärtigen Wand.

Die Versammlung zersprengte sich in kleine Gruppen. Alle Teilnehmer trugen die gleichen Kapuzen wie der Redner sowie riesige dunkle Umhänge. Man unterhielt sich leise.

In einer Ecke beugte sich eine große schwarze Gestalt zu ihrer Nachbarin.

»Bleiben Sie da nicht stehen wie eine Idiotin. Gehen Sie zurück zur Universität. Ich werde heute Nachmittag nicht dort sein können. Wir sehen uns heute Abend. Ich verlasse mich darauf, dass Sie sich um jede Kleinigkeit kümmern.«

Die schmächtige Figur, zu der das große Phantom gesprochen hatte, nickte und verließ den Salon.

Am Nachmittag traf Jeremias, wie verabredet, Leberecht Bulkow in dem Café am Alexanderplatz. Das Etablissement, das um diese Zeit wie ausgestorben war, roch nach abgestandener Schimmelwurst.

Als der Reporter das Pflaster auf Jeremias' Stirn sah, war er sichtlich beunruhigt. In wenigen Worten erzählte ihm die Mücke von dem Überfall in der letzten Nacht.

»Der Charme dieser Stadt haut einen im wahrsten Sinne des Wortes um«, schloss Patacloc seinen kurzen Bericht. »Aber ich freue mich, dich zu sehen, Leberecht!«

»Und hast du unsere charmante Charlotte wiedergesehen?«, fragte dieser mit einem breiten Lächeln.

»Ja, eben gerade, an der Universität. Wir haben zusammen ein Manuskript von Professor Pluto studiert.«

»Du Glückspilz! Ein verdammt hübsches Mädchen, nicht wahr?«

»Was Praktikantinnen angeht, kann man es weit schlechter treffen. Sie allein könnte einem schon Lust darauf machen, in dieser verdammten Stadt zu wohnen. Irre, welche Vorwände die Natur erfindet, um die Arten zu veranlassen, sich den widrigsten Bedingungen anzupassen.«

»Berlin hat durchaus auch seine guten Seiten. Du wirst es schon noch merken, mein Lieber. Wenn man erst mal damit aufhört, dich zusammenzuschlagen, wirst du dem unverwechselbaren Charme der Stadt schon noch erliegen.«

Jeremias lächelte. Er legte die Ledertasche, die er bei sich hatte, auf den Tisch, und zog ein Bündel Papiere daraus hervor.

»Dieses Manuskript vereint die letzten Aufzeichnungen Professor Plutos. Ein schwieriger Text, ganz offensichtlich ein Rohentwurf. Guck mal, wieviel da durchgestrichen ist, und all diese Randbemerkungen und Abschweifungen. Die Seiten sind nicht numeriert, was auch nicht gerade hilfreich ist. Charlotte hat mir erzählt, dass der Professor im Begriff war, eine wichtige Zusammenfassung seiner letzten Forschungsergebnisse zu veröffentlichen, und Tag und Nacht daran gearbeitet hat.«

»Wovon ist darin die Rede?«, fragte Leberecht. Seine Augen funkelten vor Neugier.

»Das ist etwas konfus. Da ist von allem was drin. Dieses Manuskript scheint eine Sammlung von Vorarbeiten zu sein. Ich habe einige Gedankengänge rekonstruieren können, aber ganz offensichtlich fehlen einige Seiten. Der Professor hat alles Mögliche notiert, was nicht unbedingt mit seiner wissenschaftlichen Arbeit zu tun hatte. Das geht von Einkaufslisten bis zu Bemerkungen über seinen Gesundheitszustand. Guck mal hier.«

Seit zwei Tagen Hexenschuss. Elend des Altwerdens, las der Reporter. *Ernst treffen.* »Wart mal, Jeremias, was ist das denn? Das Gekritzel da oben in der Ecke? Sieht wie eine Adresse aus.«

»Ich lese da: ›Wilhelmstraße 48‹ und darunter einen Namen, ›Möllen, Müllen‹, sowas in der Art ...«

»Wilhelmstraße 48«, sagte Leberecht. »Müller ... Richter Müller! Das ist die Privatadresse von Richter Müller ... Welche Verbindung bestand zwischen Professor Pluto und Richter Müller? Das würde ich wirklich gern wissen ...«

· 6 ·

Vom Nachteil, ein Insekt zu sein

Das Haus in der Wilhelmstraße 48 hatte zwei Stockwerke und war ein schönes Beispiel für die Architektur der sogenannten Preußischen Renaissance an der Wende vom 19. zum 20. Jahrhundert. Zusammengesunken vegetierte es in einem quadratischen Garten zwischen einigen verkümmerten Bäumen. Mit leichtem und entschlossenem Schritt stürmten Patacloc und Leberecht die Stufen der Freitreppe hinauf, ganz so wie es die Stars des Showbusiness tun, wenn sie irgendwo eintreffen. Als sie jedoch an der Türe klingeln wollten, stellten sie fest, dass sie nur angelehnt war.

»Angelehnte Türen machen mir eine Gänsehaut«, sagte Jeremias. »Sie sind oft Vorboten großen Unheils.«

»Du bist mir ein wahrer Poet«, spottete Leberecht.

Kurz zuvor hatte er Jeremias ganz erstaunt gefragt: »Was denn, du weißt nicht, wer der Richter Müller ist? An dem Typen kommt man nicht vorbei. Den kennt hier jeder. Der verrückteste Jurist in ganz Berlin. Dieser dicke Fanatiker fordert die Abschaffung aller Gesetze menschlichen Ursprungs – seiner Meinung nach sind sie un-

rein. Was ihn, nebenbei bemerkt, ganz und gar nicht hindert, sie mit äußerster Härte anzuwenden, solange seine eigenen Ideen sich noch nicht durchgesetzt haben. Und Ideen hat er eine Menge, dieses Monster.«

»Komisch«, hatte ihm Jeremias entgegnet, »ich kann mir das überhaupt nicht vorstellen. Was sollte der Professor mit so einer Person zu schaffen gehabt haben.«

»Das werden wir am ehesten erfahren, wenn wir den Richter direkt fragen.«

Also hatte Jeremias beschlossen, seinen Freund zum Haus des Richters zu begleiten.

Sie waren kaum durch die Tür geschlüpft, als sie in dem schwach beleuchteten Flur beinahe über einen dunklen Haufen gestolpert wären. Jeremias schrak zusammen. Eine dicke Termite[9], bekleidet mit einer weißen Schürze, lag da in einer Blutlache, wie ein gestrandeter Wal. Das Gefühl für die aufmerksame Bedienung von Gästen war ihr offenbar für immer abhanden gekommen.

Leberecht stieg um sie herum. Er machte zu der Mücke eine Geste, dass sie sich ruhig verhalten solle, und drang weiter in den Flur vor. Jeremias folgte ihm mit weichen Knien. Im Salon entdeckten sie schließlich den Richter Müller. Er hing mit einem Bein vom Decken-

9 Termite: Insekt mit zwei fein geäderten Flügelpaaren

leuchter herab. Ihm fehlte der Kopf, den man ganz sauber und ordentlich auf einen Sessel gelegt hatte. Sein phlegmatischer Gesichtsausdruck erschien unter den gegebenen Umständen etwas fehl am Platze.

»Was ist das denn für ein Zirkus?«, flüsterte Leberecht bemüht cool. Seine Stimme zitterte allerdings ein wenig. Im selben Augenblick ertönte im Flur ein großer Radau: Heisere Stimmen und ein dumpfes Getrampel; Leberecht wusste sofort was das bedeutete.

»Mist, die Polizei! Die haben uns gerade noch gefehlt! Jeremias, ich glaube, es ist besser, wenn man dich nicht hier findet. Nimm die Hintertür. Geh zu Peter und gib ihm deine Tasche mit dem Manuskript.« Er steckte ihm eine Visitenkarte mit der Adresse des Rechtsanwalts zu. »Schnell. Mach dich vom Acker! Ich kümmere mich um die.«

Jeremias, dem die Beine fast den Dienst versagen wollten, erhob keinen Widerspruch. Er ließ sich von seinem Instinkt leiten und stürzte davon, zum hinteren Teil des Hauses. Leberecht bewegte sich derweil schon auf die Eingangshalle zu. Fünf Termiten, die mit viel zu großen Polizeiuniformen ausstaffiert waren, würdigten ihn kaum eines trüben Blicks. Sie standen vor der Leiche des Zimmermädchens.

»Hallo, Jungs, ihr seid ja echt fix«, rief er den verdatterten Beamten zu. »Gerade wollte ich euch anrufen.«

»Eine Nachbarin hat verdächtige Geräusche gehört«, stammelte ein Wachtmeister, als wolle er sich rechtfertigen.

»Eine sehr scharfsinnige Nachbarin«, sagte Leberecht. »Und ich kann Ihnen garantieren, Herr Schutzmann, dass Sie sich nicht umsonst auf den Weg gemacht haben.«

Jeremias ging einen Flur hinunter, bis zu einer Terrassentür an der Rückseite des Hauses. Sie führte zum Garten. Er sprang zwischen den froststarren Blumenbeeten umher, kletterte über die Hecke und landete in einer Gasse, die sich zwischen den Häusern entlangschlängelte. Als er sah, dass ihn niemand verfolgte, verlangsamte er seinen Schritt, zog den Kragen seines Überziehers hoch und holte tief Luft. Er kam zu einer weiten Allee, durch die der Schneesturm fegte. Ein Stück weiter weg, dort, wo die Straße einen Bogen machte, sah er die Polizeiautos, die vor dem Haus von Richter Müller parkten.

Kommissar Gronsch trat mit verschlossenem Gesicht aus dem Salon.

»Können Sie mir erklären, was Sie hier wollten, Bulkow?«, fuhr er Leberecht an.

»Ich wollte mich mit Richter Müller unterhalten.«

»Hatten Sie eine Verabredung?«

»Äh … nein, Herr Kommissar.«

»Und warum wollten Sie mit Richter Müller sprechen?«

»Aus beruflichen Gründen.«

»Ich mag keine Reporter, Sie mickriger Maikäfer! Die sind für mich Schnüffel & Co., und ich hasse es, wenn sie mir in die Quere kommen. Normalerweise erscheinen sie allerdings immer erst *nach* der Polizei am Tatort. Das nervt, aber man arrangiert sich. In der gegenwärtigen Situation habe ich allerdings den Eindruck, Sie wollen mich verarschen.«

»War das eine Frage?« Diese kleine Frechheit konnte sich Leberecht nicht verkneifen.

Gronsch verzog seinen Mund. Leberecht glaubte, er werde ihm eine knallen, und wich etwas zurück.

»Ich glaube, Sie sind sich über die Situation nicht im klaren, mein guter Bulkow. Richter Müller ist gerade ermordet worden …«

»Und sein Zimmermädchen auch!«, beeilte sich der Wachtmeister hinzuzufügen, der das Gespräch mit blödem Blick verfolgt hatte.

»Ganz recht, Mollardo. Drehen Sie draußen mal eine kleine Runde, damit Sie auf andere Gedanken kommen«, knirschte der Kommissar.

Er wandte sich wieder Leberecht zu.

»Richter Müller ist gerade ermordet worden. Ich wiederhole, nicht irgendjemand. Richter Müller! Und was passiert, als die Polizeibeamten am Tatort eintreffen? Wen finden sie da vor? Eine kleine Rotznase von Reporter. So etwas hat nichts mehr mit Pressefreiheit zu tun. Das ist Hellseherei. Mein Gefühl sagt mir, dass Sie ziemlich tief in der Scheiße stecken, Herr Bulkow. Daher erwarte ich von Ihnen eine befriedigende Antwort auf meine Frage. Warum waren Sie hier?«

»Reiner Zufall, Herr Kommissar.«

»Mollardo!«, brüllte Gronsch. »Buchten Sie mir diesen Maikäfer ein.«

Patacloc saß in einem tiefen Ledersessel. Er befand sich in Peters Büro, in einem sehr niedrigen Zwischengeschoss neben dem Bahnhof Zoo, das durch ein halbrundes Fenster kärgliches Tageslicht empfing. Draußen schlug der Schneesturm gegen die Fassaden. Patacloc begann, sich wieder etwas aufzuwärmen. Aber die Bilder vom Blutbad in der Wilhelmstraße tanzten immer noch in seinem kleinen Mückenkopf umher. In einem Wirbel, der auch andere Bilder wieder zum Vorschein brachte: Professor Pluto, an einem Bein aufgehängt, die finsteren Gänge der Universität, der Gestank in der Polizeizelle, Leberechts Flachsereien, Charlottes Lächeln, der abgetrennte Kopf von Richter Müller ... Dies alles begann langsam, aber sicher, ihm die Neuronen zu verkleistern.

Was hatte er überhaupt hier in Berlin zu suchen? Noch eine Woche zuvor hatte er ganz friedlich in seinem Labor dritter Klasse in der Sorbonne gesessen, den Kopf in irgendwelchen alten Schmökern, und war damit beschäftigt gewesen, die unanständigen Wörter in den Romanen Boris Vians[10] zu zählen.

Peter hatte gerade erfahren, was sich abgespielt hatte. Er schien das nicht auf die leichte Schulter zu nehmen.

»Du scheinst mir ja mächtig durch den Wind zu sein, Alter. Da, trink ein Glas!«

Er hielt Jeremias ein Glas mit Wodka hin.

»Ich kann dich gut verstehen. Du steckst mitten in einem Riesenschlamassel. Richter Müller! Stell dir mal vor! Seine Ermordung wird einen Mordswirbel machen. Hat man dir gesagt, dass der alte Mistkäfer vollkommen verrückt war?«

»Leberecht hat so etwas angedeutet.«

»Der Typ war nicht nur Jurist, er hatte auch politische Ambitionen«, fuhr Peter fort. »Wusstest du, dass er das Strafrecht reformieren wollte?«

---

10 Boris Vian: Französisch schreibender Schriftsteller der Gattung Homo sapiens. Er tat so, als könne er auf einem Instrument namens Trompete spielen, das an einen Insektenrüssel erinnert.

Jeremias gab ihm zu verstehen, dass er in etwa auf dem Laufenden sei.

»Richter Müller wollte Sondergesetze. Insektengesetze. Er sagte zum Beispiel, es sei ein Skandal, Parasiten wegen Hausbesetzung oder Hochstapelei zu belangen. Mit der Begründung, das sei für sie eine naturgemäße Betätigung. In seinem Sinne galt das gleiche für Raubinsekten – sie sollten morden können, ohne gerichtlicher Verfolgung ausgesetzt zu sein. Richter Müller nannte das eine ›angepasste‹ Gesetzgebung. Ich nenne es schlicht und einfach das Gesetz des Dschungels.«

»Zwischen den Vorstellungen deines Richters und denen von Professor Pluto klaffen Abgründe, gelinde gesagt«, rief Jeremias aus. »Der Professor war der Meinung, man müsse die Literatur des Homo sapiens sorgfältig studieren, zumal die pessimistischeren Schriften. Kennst du die Literatur des Homo sapiens?«

»Geht so. Auf dem Gymnasium haben wir *Die Verwandlung* von Kafka[11] durchgenommen, wie alle.«

»Mein alter Lehrer sagte immer, dort könne man den Ursachen der Katastrophe nachspüren.«

»Selbst wenn sie ebensolche Nieten sind wie die Menschen, so haben die Insekten ihnen wenigstens

11 Franz Kafka: Deutsch schreibender Schriftsteller der Gattung Homo sapiens. Seine Erzählung *Die Verwandlung* beschreibt die Verwandlung eines Menschen in ein Insekt.

eins voraus: Sie vergeuden ihre Zeit nicht damit, mildernde Umstände für sich zu erfinden.«

»Ohne Frage, Peter«, pflichtete ihm Jeremias bei. »Du weißt allerdings, dass selbst die pessimistischsten Schriftsteller der Gattung Homo sapiens weit davon entfernt waren, das Schlimmste zu ahnen. Der Professor glaubte, daraus allgemeinere Schlussfolgerungen ziehen zu können, auch die Entwicklung unserer eigenen Gesellschaft betreffend ...«

»Ich weiß.« Peter lächelte. »Ich habe eine deiner Anmerkungen über seine Forschungen gelesen.«

»Ach ja?«

»Was dachtest du denn, liebe Mücke? Ich muss mich doch informieren.«

Der junge Rechtsanwalt öffnete einen Aktenordner, der auf seinem Schreibtisch lag, und zog daraus die Kopie eines Artikels hervor:

Traurige Gestalten des Großen Kladderadatsch

Am Anfang lief alles sehr gut. Während des Großen Kladderadatsch hatten wir durch eine wunderbare Fügung eine Mutation erlebt. Dies führte dazu, dass wir uns in den in Trümmern liegenden Städten der Menschen einzurichten vermochten, denn auf einmal schienen sie unserer Größe vollkommen angemessen. Die menschliche Gattung war untergangen. Die milden Temperaturen, eine Folge der all-

gemeinen Erwärmung, waren für uns ausgesprochen günstig. Dann allerdings verschlechterte sich die Lage rapide. Und dies ist der Gegenstand eines Artikels von Professor Pluto (Leiter des Labors für Humanwissenschaften der Humboldt-Universität). Für ihn haben sich die Insekten wie Schmarotzer ohne jegliches Verantwortungsgefühl verhalten. Zu Anfang konnte man ja durchaus verstehen, dass sie rückhaltlos die Früchte dieses unglaublichen Sieges über ihren hartnäckigsten Feind genießen wollten. Ein Sieg, der umso köstlicher war, als er keinerlei Anstrengung ihrerseits gefordert hatte. Aber dann? – Die Jahre sind vergangen, und unsere Artgenossen haben sich in einem immer weiter um sich greifenden Schlendrian eingerichtet. Überall wird gepfuscht, eine Nachlässigkeit sondergleichen grassiert.

Es sieht nun ganz so aus, als ob sich infolge der allgemeinen Verantwortungslosigkeit die Erwärmung des Planeten in ihr Gegenteil verkehrt habe. Die Kälte ist auf dem Vormarsch. Wir bekommen ihre Strenge von Tag zu Tag stärker zu spüren. Professor Pluto ist der Meinung, dass sich unsere Gesellschaft auf einer fatalen Talfahrt befindet. Hier werden einige sagen – ich kann sie schon hören –, dass sein Pessimismus die Folge übermäßiger Lektüre der Homo-sapiens-Literatur sei. Ich gehöre zu denen, die meinen, dass er ein echtes Problem aufgezeigt hat.

Und so möchte ich mit einem Zitat aus seinem Artikel schließen, bei dem es einem kalt den Rücken herunter läuft:

»Traurige Gestalten des Großen Kladderadatsch, Könige der Lotterwirtschaft, summende, brummende Hanswürste, Insekten, meine Brüder, lasst ab von eurer Hoffart! Ihr taumelt auf eine neue Katastrophe zu.«

Kritische Anmerkungen von
Jeremias Patacloc, Forscher dritter Klasse

»Das ist interessant …«, sagte Peter in scherzhaftem Ton. »Und woran arbeitest du im Augenblick?«

»Professor Pluto hatte mich gebeten, nach Berlin zu kommen, um mit ihm zusammen einen Autor des zwanzigsten Jahrhunderts zu studieren, einen gewissen Cioran, Emil M. Cioran. Ich befasse mich mit einem ganz bestimmten Werk, mit dem Titel *Vom Nachteil, geboren zu sein.«*

»Das klingt ja fast prophetisch! Dabei hatten sie ja schon einen guten Start, deine Menschen.«

»Wenn dieselben Ursachen gleiche Wirkungen zeitigen, dann lohnt es sich vielleicht schon, sich mit ihnen zu befassen. Das glaubte zumindest Professor Pluto.«

Als guter Rechtsanwalt hörte Peter der Mücke aufmerksam zu. Dieser junge Intellektuelle erschien ihm zwar etwas überspannt, aber ziemlich interessant. Auf Empfängen der besseren Gesellschaft würde Patacloc bestimmt mächtig Eindruck machen.

»Ich verstehe noch nicht ganz, was Richter Müller und dein Professor sich wohl zu sagen hatten.«

»Das meinte Leberecht auch. Andererseits sehe ich da seltsame Parallelen zwischen den beiden Morden. Beide waren mit einem Fuß an der Decke aufgehängt, beide waren zerstückelt ...«

»Es gibt noch eine Gemeinsamkeit zwischen diesen beiden Morden«, sagte Peter.

»Und die wäre?«

»Deine Anwesenheit am Tatort zum Zeitpunkt der Entdeckung.«

»Stimmt«, gab Jeremias zu. »Daran hatte ich noch gar nicht gedacht.«

»Glaube mir, das werden andere an deiner Stelle tun. Leberecht hat gut daran getan, dich zur Flucht zu drängen. Dadurch gewinnen wir Zeit.«

»Zeit, Peter?«

»Ja, Jeremias. Ich sag's dir lieber gleich. Das kommt raus, früher oder später. Aber eins nach dem anderen. Fürs Erste musst du zurück an die Universität. Nimm deine Arbeit wieder auf, so als ob nichts wäre. Sage zu niemandem etwas. Nicht einmal zu Charlotte. Ich für meinen Teil werde Leberecht aus den Fängen von Kommissar Gronsch befreien. Jede Wette, dass er in diesem Augenblick auf dem Polizeirevier in der Friedrichstraße Trübsal bläst.«

PHB

· 7 ·

Fräulein Heinz reißt der Faden

Einige Stunden zuvor hatte Fräulein Hermine Heinz wie an jedem Morgen die S-Bahnstation Alexanderplatz verlassen, die alle Züge anzufahren schienen, die noch in Betrieb waren. Sie trug ihren unverwüstlichen Dachspelz, der so heruntergekommen war, dass die einzelnen Haare des Pelzes abstanden wie die Borsten einer Scheuerbürste.

Wie jeden Morgen überquerte sie die Museumsinsel und ging Unter den Linden entlang in Richtung Humboldt-Universität. Eine gute halbe Stunde zu Fuß durch Windböen, die zwischen den Amtsgebäuden die Allee hinunterjagten. Wie immer hielt Fräulein Heinz kurz an, um ein Schälchen heiße Suppe zu sich zu nehmen, die in einem am Straßenrand gestrandeten Lieferwagen verkauft wurde. Eine ziemlich fette, widerliche Brühe. Vor der Hütte standen Ameisen geduldig Schlange. Als einige Blattläuse versuchten, sich vorzudrängeln, kam es wie jeden Morgen zu einer Schlägerei.

Unter den Brücken trieben im Fluss gelbliche Eisschollen. Fräulein Heinz zog den Kopf ein, unter den schützenden Kragen ihres Überziehers, und begann leise, einen Text herunterzuleiern.

»Die Pflicht, die Pflicht ruft ... O Großer Satrap! Gestirn der Strenge, nimm die Sühne an ... Lebendig verdientest du nur noch Verachtung. Als Toten werden wir dich verehren ...«

Als sie die zweite Brücke über die Spree passiert hatte, bog sie, entgegen ihrer sonstigen Gewohnheit, nach rechts ab und erklomm die Stufen der städtischen Oothek[12]. Eine dunkle, in Umhang und Kapuze gehüllte Gestalt erwartete sie schon in der Eingangshalle. Am Ende des großen Saales, der zu dieser frühen Stunde noch völlig insektenleer war, öffneten die Angestellten gerade die Schalter. Sie stellten Handkörbe bereit, in denen die Tagesernte abgelegt werden sollte. Es herrschte eine Hitze wie im Brutofen; zugleich war es so feucht, dass es vom Deckengewölbe tropfte. Im ganzen Gebäude hing ein süßlicher, ziemlich ekelhafter Geruch. Jeden Tag kamen die Insekten zu Hunderten, um ihre Eier der städtischen Oothek anzuvertrauen,

12 Oothek (griechisch: Eiersammlung): Ort, an dem Insekteneier gehortet und ausgebrütet werden

dem bei weitem bestgeheizten öffentlichen Gebäude in ganz Berlin.

»Man hat mich heute Nacht benachrichtigt«, sagte Hermine Heinz. »Ich zittere bei dem Gedanken, dass ich auserwählt bin, das Urteil zu vollstrecken.«

Sie sprach ganz leise, obwohl keine Läuseseele in der Nähe war. Die Gestalt im Umhang nickte.

»Dazu haben Sie auch allen Grund. Das ist eine große Ehre für Sie, Heinz.«

Ohne ihre Hülle fallen zu lassen, ließ die Gestalt eine Hand unter die Falten ihres Umhangs gleiten. Sie zog ein längliches schwarzes Lederetui hervor und reichte es der Sekretärin.

»Eure Allmacht können sicher sein, dass mir mein Arm gehorchen wird«, flüsterte die Heinz und verbarg den Gegenstand unter ihrem Mantel. »Ich werde zur Essensstunde zur Tat schreiten. Ich werde vorgeben, ich hätte ihm eine Botschaft des Rats zu übermitteln.«

Die Gestalt zog den Kaschmirschal höher, der ihr Gesicht verhüllte.

»Sie werden das Ritual genau befolgen, nicht wahr? Haben Sie Ihre Ansprache an den Verurteilten parat?«

Die Augen der Heinz funkelten geradezu besorgniserregend. Sie war so angespannt, als könne sie jeden Augenblick explodieren.

»Ich habe es auswendig gelernt. Das war ein Klacks. Sie können sich gar nicht vorstellen, wie stolz ich bin, auserwählt zu sein. Ich bin doch nur ein armes kleines Wänzchen. Zum ersten Mal in meinem Leben habe ich das Gefühl, zu etwas nütze zu sein ...«

»Hermine, bei Ihnen grenzt der Selbsthass schon an Überheblickeit. Hüten Sie sich!«

»O Eure Allmacht, vergeben Sie mir. Ich bin so glücklich. Darf ich Sie umarmen?«

»Bah, Sie haben den Verstand verloren, Fräulein Heinz!« – Die Gestalt wich einen Schritt zurück. »Vergessen Sie nicht, nach der Tat alle Spuren zu beseitigen!«

Die alte Wanze nickte, etwas ernüchtert ob der Zurückweisung.

»Bis dahin«, fuhr die Gestalt fort, »gehen Sie Ihren üblichen Aufgaben nach. Wir sehen uns heute abend bei der geheimen Ratssitzung. Die findet im Schloss Monbijou statt. Kommen Sie durch den Park zum Hintereingang. Da werden Sie uns Bericht erstatten.«

Charlotte erhob sich bei Jeremias' Ankunft.

»Aber wo waren Sie denn bloß? Du ... Sie werden überall gesucht!«

Jeremias kramte sein bestes Lächeln hervor. Unter den gegebenen Umständen fiel es etwas dünn aus. Die Besorgnis der reizenden Libelle machte ihm mehr zu schaffen als alles andere. Ach, was hätte er nicht dafür gegeben, ihr alles erzählen zu können!

»Ich ... ich habe einige Besorgungen gemacht. Ich arbeite noch daran, meinen Besenschrank wohnlicher zu gestalten, liebe Charlotte.«

Ihm wurde bewusst, dass er stammelte. Rein gefühlsmäßig war Charlottes Anwesenheit auch nicht gerade dazu angetan, ihn zur Ruhe kommen zu lassen. Und die Ausrede, die er ihr eben aufgetischt hatte ...

»Hilda von Sturm ist einige Male vorbeigekommen. Wie es scheint, will sie mit Ihnen sprechen.«

Charlotte setzte sich wieder hinter ihren Schreibtisch. Sie trug eine hinreißende Bluse und einen Hauch von Rouge auf den Wangen. Jeremias setzte sich zu ihr.

»Gehst ... Gehen Sie heute Abend aus?«

»Nein, *Herr Patacloc,* heute Abend nicht.«

Sie vertiefte sich wieder in ihre Aufzeichnungen.

Jeremias schaute sie an.

»Und sind Sie heute mit ihren Forschungen vorangekommen?«, fuhr er etwas gekränkt fort.

Charlotte zuckte zusammen.

»Öh ... Nein. Fürs Erste nicht. Ich habe in dem Text von Ihrem Cioran noch keine Anspielung auf Insekten gefunden. Das ist so öde ... Ich verstehe kein Wort.«

Charlotte schmollte. Vielleicht passte ihr nicht, wie rasch Jeremias die Tonart gewechselt hatte?

»Ich muss gestehen, ich weiß nicht, welchen Nutzen Sie sich von diesem Buch erwarten. Der Text ist voller Verzweiflung und so schwer zu lesen.«

Wieder sah Jeremias die junge Libelle an. Er hätte in ihren Augen ertrinken mögen.

»Und doch enthält dieses Buch einige Juwelen. Hier zum Beispiel: ›Lieber gar nichts sein als lediglich der Anschein von irgendetwas.‹ Dieser Satz trifft ganz und gar auf mich zu«, erklärte er.

»Gar keine Frage«, dachte er, »ich schieße einen Bock nach dem andern.« Er verschluckte sich an seinem Speichel.

»Wenn Sie sich zu sehr mit dem menschlichen Denken befassen, dann dürfen Sie sich nicht wundern, wenn man Sie ablehnt«, sagte Charlotte etwas pikiert.

Jeremias fuhr in die Höhe, überrascht. Er wandte sich zu der Studentin.

»Ablehnt? Mich?«

Eben erschien Hilda an der Tür.

»Ah! Da sind Sie ja, Herr Patacloc.«

Sie blieb auf der Schwelle stehen.

»Wir haben uns schon gefragt, wohin es Sie verschlagen hat.«

»Das ist sehr liebenswürdig von Ihnen, Fräulein von Sturm.«

Das Goldkäferweibchen hatte sich nicht gerührt. Sie hielt die Türklinke umspannt und stand stocksteif da, wie eine bösartige Karyatide.

»Doktor Krupp erwartet Sie in seinem Büro. Er möchte Sie unverzüglich sehen, Herr Stellvertretender Professor.«

Jeremias stand auf. Er verabschiedete sich von Charlotte, ging an Hilda vorbei, ohne sie eines Blickes zu würdigen, und verließ das Zimmer, indem er die Tür hinter sich zuzog. Kaum hatte er den Flur betreten, blieb er wie angewurzelt stehen: Die Stimme der von Sturm drang durch die Trennwand.

»Heute Abend haben wir eine Versammlung, meine liebe Charlotte.«

Eine etwas feinere Melodie; das musste Charlottes Antwort sein.

»Der Großmeister hat uns hinbefohlen.«

Wieder eine unverständliche Antwort.

»Monbijou, 20 Uhr 30.«

Jetzt senkte Hilda ihrerseits die Stimme. Man konnte nicht mehr verstehen, was sie sagte. Jeremias setzte seinen Weg zum Büro des Rektors fort.

»Ich mache mir zu viele Gedanken über irgendwelchen Blödsinn und zu wenige über die wirklich wichtigen Dinge«, dachte er. »Ich grüble wie ein Intellektueller, und schon verschwimmt alles. Worüber allerdings kein Zweifel besteht, ist, dass mir Charlotte einen Korb gegeben hat.«

So war Jeremias: Er grübelte ohne Ende.

Egal, wo man sich im Büro des Kommissars befand, ständig stieß man sich. Es hatte eine seltsame Dreiecksform, das Ergebnis eines Einsatzes beweglicher Stellwände. Dadurch wurde zwar die Anzahl der Diensträume erhöht, aber auf Kosten des Platzes.

Gronsch stand auf. Er nahm ein Bier aus dem Kühlschrank, ohne Leberecht eins anzubieten. Dann versenkte er seinen dicken Schabenhintern wieder in seinem gewohnten Aufbewahrungsort, einem mit Kunstleder bezogenen Schalensitz, der nichtsdestoweniger stank wie ein Pumagehege.

»Wissen Sie, Herr Bulkow, wir von der Polizei glauben nicht an den Zufall«, begann der Kommissar. »Deswegen haben wir wahrscheinlich auch so etwas Beruhigendes für die Bevölkerung.«

»Nun, wenn Sie meinen«, bemerkte Leberecht.

»Immer sachte mit Ihren Bemerkungen, verstehen wir uns?«

Das Telefon klingelte. Gronsch rülpste einige Worte in den Hörer. Dann legte er auf.

»Dieses Telefonat eben ... Nun, das hat etwas mit unserer Sache zu tun. Das war der Polizeichef. Er macht sich Sorgen um den Fortgang der Untersuchung.«

Bulkow gab zu verstehen, dass er die Anteilnahme des Polizeichefs zu schätzen wisse.

»Seit einer Weile geht das so in einem fort. Ich hatte schon den Ersten Vorsitzenden des Oberlandesgerichts an der Strippe, dann den Mann von der Richtervereinigung. Jetzt fehlt nur noch ein Anruf des Bürgermeisters von Berlin ...« Das Telefon klingelte, der Kommissar hob ab.

»Ja ... Aber sicher doch. Ganz gründlich ... Guten Abend.«

Er legte auf.

»Jetzt fehlt er nicht mehr. Das war er eben.«

Gronsch schien ganz entzückt zu sein. Leberecht hielt sich bedeckt, die Augen starr an die Decke gerichtet.

»Also, Bulkow, hören Sie auf, den Schlaumeier zu spielen. Sagen Sie mir, was Sie bei Richter Müller zu suchen hatten!«

Funkstille.

»Okay, mein Lieber. Dann wollen wir's mal andersrum versuchen. Was haben Sie heute zwischen 12 Uhr und 15 Uhr 30 gemacht, als wir sie in der Wilhelmstraße 48 angetroffen haben?«

»Ich habe im Würstchen-Café am Alexanderplatz zu Mittag gegessen, Herr Kommissar.«

»Allein?«

»Mit einem Freund.«

»Und das war nicht zufällig eine Mücke, dieser Freund?«, sagte Gronsch. »Eine befreundete Mücke, die sich auf entartete Literatur spezialisiert hat?«

Der Rektor schien sich an seiner Schreibtischlampe zu wärmen. Der Rest des Zimmers war in eisige Dunkelheit getaucht.

»Treten Sie näher, Herr Patacloc«, sagte Doktor Krupp mit kummervoller Miene. »Um es gleich vorwegzunehmen, Ihre Haltung ist unerhört. Was fällt Ihnen ein, den ganzen Nachmittag wegzubleiben? Was glauben Sie, wo Sie sind, junger Freund?«

»Herr ... Herr Rektor ...«, stammelte die Mücke.

»Schweigen Sie! Ich frage mich, was man Ihnen an der Sorbonne beigebracht hat. Aber hier, an der Humboldt-Universität, ist jeder Professor gehalten, ein paar grundlegende Spielregeln zu respektieren. Der Stundenplan ist das Fundament der Lehre. Ihre berühmten Vorgänger, selbst die größten Spinner, haben sich immer daran gehalten. Solange er pünktlich ist, vergibt man einem Dozenten alles, sogar Mittelmäßigkeit. Ich muss sagen, als mich Fräulein von Sturm darüber informiert hat, dass Sie unauffindbar seien, da hatte ich Mühe, es zu glauben ...«

»Das ist es also ...«, murmelte Jeremias.

»Unterbrechen Sie mich nicht, Herr Stellvertretender Professor. Sie sind sehr undankbar. Es scheint Ihnen entgangen zu sein, dass ich Ihnen einen Gefallen getan habe, als ich Ihnen diesen Posten angeboten habe. Wenn ich daran denke, dass ich persönlich für Sie eingetreten bin, als Sie Ärger mit der Polizei hatten! Sie bringen mich einmal mehr in eine schwierige Lage. Ich will Ihnen nicht verhehlen, dass man es höheren Ortes gerne sähe, wenn der Fachbereich Humanwissenschaften ganz verschwände. Nach der Meinung einiger Personen, bei uns selbst sowie im Ministerium, könnte man den Bereich ohne weiteres durch einen kleinen Aktenschrank ersetzen.«

Die Mücke wurde zusehends blasser.

»Wie sie wissen«, fuhr Doktor Krupp fort, »wurde Professor Pluto von vielen als ein alter Wirrkopf betrachtet, der in ein anthropologisches Delirium entrückt war. Ich habe ihn allerdings immer unterstützt, auch wenn ich nicht alle seine Thesen teile. Er war ein alter Freund. Sein Tod macht mich betrübt, und ich möchte sein Andenken ehren. Ich dachte, dass ich in Ihnen einen Verbündeten gefunden hätte. Jemanden, der jung ist und dynamisch und der mich bei dieser Aufgabe unterstützen kann. Ich stelle fest, dass ich mich geirrt habe.«

Die Mücke senkte den Kopf.

»Herr Patacloc, da gibt es noch etwas weit Schwerwiegenderes«, fuhr der Rektor fort. »Ich werde Ihnen eine Frage stellen und erwarte, dass Sie sie mir ehrlich beantworten. Trifft es zu, was mir Fräulein von Sturm berichtet hat, dass Sie nämlich das letzte Manuskript von Professor Pluto gestohlen haben?«

»Herr Rektor!«, rief Jeremias aus. »Sehen Sie denn nicht, dass man mir schaden will! Ich habe dieses Manuskript lediglich ausgeliehen, um es in aller Ruhe studieren zu können.«

»Aha ... ›ausgeliehen‹. Sie geben also die Fakten zu. Das ist ja schon mal etwas. Und wo befindet sich dieses Manuskript, in Ihrem Zimmer? ...«

»Äh ...«

»Herr Patacloc, unser Gespräch ist beendet. Ich denke, es ist alles gesagt. Wir werden uns von Ihnen trennen müssen. Das passt mir gar nicht, glauben Sie mir. Ich hoffe, Sie werden so anständig sein, uns das Manuskript von Professor Pluto zurückzugeben, damit wir uns in dieser Sache nicht an die Polizei wenden müssen.«

Doktor Krupp war offensichtlich unbehaglich zumute – er sprach schnell und wie ein Automat.

»Packen Sie anschließend bitte Ihre Sachen zusammen und verlassen Sie das Universitätsgelände.«

Es war dunkel im Flur, als Jeremias aus dem Büro des Rektors trat. Beinahe wäre er gegen eine Büste des Barons von Humboldt gestoßen. Das Gesicht des Gründers der Universität war wiederholt von wütenden Studenten mit Schlägen bearbeitet worden. Sein armes in Mitleidenschaft gezogenes Gesicht ähnelte einer dicken Made.

PHB

· 8 ·
Die verrückten Verschwörer von Monbijou

Der Besenschrank, der Patacloc als Zimmer diente, war umgekrempelt worden wie eine alte Socke. Was ihn nicht sonderlich überraschte; das alles hatte eine gewisse Logik. Als er durch den Flur zurückging, traf er zu seiner Überraschung Peter. Der Rechtsanwalt kam auf ihn zu.

Mit wenigen Worten tauschten sie die letzten Neuigkeiten aus. Peter kam gerade aus dem Kommissariat in der Friedrichstraße, wo er die Freilassung seines Freundes Bulkow erwirkt hatte.

»Leberecht erwartet uns in seinem Büro bei der **Dipteren-Zeitung**. Von ihm weiß ich, dass dich Gronsch wegen der Ermordung von Richter Müller verhören wollte«, sagte Peter. »Wenn ich mir nun überlege, welche Mühe es mich gekostet hat, Bulkow freizukriegen, dem überhaupt nichts vorgeworfen werden konnte ...«

»Aber gegen mich liegt auch nichts vor!«, rief Jeremias.

Nach allem, was er durchgemacht hatte, war er etwas überreizt.

»Tut mir leid, das wollte ich damit nicht sagen«, räumte Peter ein. »Ich glaube, wir sollten uns so schnell wie möglich aus dem Staub machen. Ich weiß nicht, wie es dir geht, aber ich habe nicht die geringste Lust, dieser fetten Schabe von Gronsch gegenüberzusitzen. Lass uns zu Leberechts Zeitung gehen. Da können wir besser reden.«

Sie verließen die Universität. Herr Grunnaf, der Portier, schien nicht da zu sein. Deswegen hatte der junge Rechtsanwalt auch ohne weiteres in die Universität vordringen können. Es war stockfinster, und der Frost schnitt einem ins Fleisch wie ein Spinnenbiss. Die Straßenlampen bogen sich unter dem Reif, und der gelbliche Dunst, der über dem Boden schwebte, hatte einen Stich ins Orangefarbene.

Sie winkten ein Taxi heran. Als sie die Tür öffneten, entwich eine Qualmwolke – der Fahrer rauchte wie ein Schlot. Im Zickzack fuhr er über die vereiste Straße davon.

»Wissen Sie, also ich, ich mag keine Reporter«, sagte der Fahrer, als sie ihm die Adresse nannten. »Nichts für ungut, ich hoffe, Sie sind keine Reporter. Ich sage einfach, was ich denke. Reporter sind für mich Firma Übergeschnappt & Söhne. Wieso soll man Zeitung lesen? Das war so eine Sache der Menschen, diese Rotzblätter. Wir Insekten haben ja schließlich Fühler. Die sind nicht nur zum Angucken da, die kann man auch benutzen. Ich sage immer, verlassen wir uns auf unsere Fühler, und diesen ganzen Quatsch, die Presse, die Medien und den ganzen Krempel, den kann man getrost vergessen ...«

Die beiden Freunde, die auf der Rückbank kauerten, schwiegen. Schließlich platzte Peter der Kragen.

»Vollkommen richtig, mein Lieber. Benutzen Sie Ihre Fühler und halten Sie die Klappe. Das wäre für uns eine Erholung!«

Wider Erwarten sagte der Taxifahrer kein Wort mehr. Er zog seinen großen Flohkopf ein wie ein Kind, das ausgeschimpft wird.

Der Firmensitz der Dipteren-Zeitung war ein großes Gebäude in Kreuzberg, dessen rückwärtige Fenster den Blick auf einen typischen Berliner Hinterhof freigaben, mit Mülltonnen und verrosteten Fahrrädern. Die Insekten liebten Autos, Fahrräder dagegen verschmähten sie.

Leberecht strahlte vor Freude, als er seine Freunde kommen sah.

»Ich habe Angst um dich gehabt, Jeremias!«, sagte er und drückte Patacloc ans Herz. Der bekam ganz feuchte Augen. Es war ein gutes Gefühl, unter Freunden zu sein. Leberecht klopfte ihm eine Weile auf den Rücken. Dann bat er seine Freunde, ihm zu folgen.

»Kommt, wir setzen uns in mein Büro. Ich habe ausgezeichneten, brühwarmen Kaffee und einige gammelige Kanapees.«

Patacloc erzählte, wie man ihn von der Uni geworfen hatte. Er verweilte kurz bei der undurchsichtigen Rolle, die Fräulein von Sturm dabei gespielt hatte, und erzählte schließlich von den Gesprächsfetzen zwischen dem Goldkäferweibchen und Charlotte, die er aufgeschnappt hatte.

»Da war von einer Versammlung heute Abend in ›Monbijou‹ die Rede«, sagte er. »Etwas geheimnisvoll, nicht wahr?«

»Nicht allzusehr, mein Guter«, erklärte Leberecht. »Das Monbijou ist ein Schloss aus dem 18. Jahrhundert, am Spreeufer, gleich neben der Museumsinsel. Es gehört der Familie von Sturm. Das war die Goldkäfersippe, die im Park wohnte, als der Große Kladderadatsch losbrach. Gleich nach der Mutation haben sie sich in den Trümmern des Hauses niedergelassen. Seitdem halten sich die von Sturms für Adlige. Eine seltsame Familie, im übrigen, in der die Frauen das Sagen haben. Dagegen ist natürlich nichts einzuwenden« – Leberecht bemühte sich, weltoffen zu sein. »Aber die Männchen sind in der Familie wirklich nicht zu beneiden. Sie sterben alle sehr jung, an allen möglichen Unfällen oder blitzartig verlaufenden Krankheiten.«

»Fräulein Hilda scheint für Männchen nicht allzuviel übrig zu haben«, bestätigte Patacloc. »Dass sie mich auf dem Fühler hat, habe ich schon bei unserer ersten Begegnung gespürt!«

»Von den von Sturms ist sie allerdings bei weitem die klügste. Ganz im Gegensatz zu den vorhergehenden Generationen von Gräfinnen, die sich eher durch Dummheit und Blasiertheit auszeichneten. Hilda ist Universitätsdozentin, eine anerkannte Spezialistin ... Damit sage ich dir ja nichts Neues, Jeremias.«

»Und Charlotte, wie passt die da hinein?«, fragte die Mücke und errötete bis zur Rüsselspitze.

Die beiden Maikäfer wechselten amüsierte Blicke.

»Charlotte ist hinreißend, Charlotte ist zum Reinbeißen«, sagte Peter. »Aber sie hat etwas eigenartige Vorstellungen.«

»Das liegt in der Famille«, ergänzte Leberecht. »Ihr Vater, ihre Brüder, ihr Onkel, ihr Großvater waren auch alle schon überzeugt, einer außergewöhnlich überlegenen Rasse von Insekten anzugehören. Nebenbei bemerkt haben sie alle, ohne Ausnahme, ins Gras gebissen. Dumme Jagdunfälle. Charlotte ist eine Waise, und darüber hinaus, auch wenn sie es selbst nicht zugeben mag, sehr leicht zu beeinflussen.«

»Aber was hat es denn nun mit dieser Ratsversammlung heute Abend im Monbijou auf sich?«

»Ich hätte nicht übel Lust, einen Blick darauf zu werfen. Was meinst du, Peter?«

»Du weißt sehr gut, Leberecht, dass es – verdammt riskant ist und ein bisschen am Rande der Legalität. Da gibt's nur eine Lösung – ich muss dich begleiten.«

»Ich auch«, sagte Patacloc.

»Nein, Jungs«, sagte Leberecht. »Das wäre idiotisch. Du nützt mir mehr, Peter, wenn du dich im Hintergrund hältst. Und was dich betrifft, Jeremias, vielen Dank, aber du hast dich schon genug in Gefahr begeben. Nein, ich werde allein gehen.«

»In dem Fall«, sagte Peter, »werden wir in der Nähe bleiben. Um gegebenenfalls einschreiten zu können.«

Darauf stießen sie mit ihren Kaffeetassen an. Etwas Besseres hatten sie nicht, aber was zählte, war die Absicht.

»Die haben eine große Sache vor. Das habe ich im Gefühl«, sagte Patacloc etwas geheimnisvoll.

»Du machst mich neugierig, Mücke«, sagte Leberecht.

Patacloc fuhr fort.

»Man hat Professor Pluto ermordet, um ihn zum Schweigen zu bringen. Um seine Ideen im Keim zu ersticken. Davon bin ich jetzt überzeugt. Wisst ihr, dass er eine große Veröffentlichung vorbereitete? Für ihn waren der Untergang der menschlichen Rasse und der

Große Kladderadatsch ein Zufall. Am Anfang haben seine Theorien nur etwas gestört, aber mit der Zeit müssen sie gewissen Leuten unerträglich geworden sein. Irgendwann konnten diejenigen, die uns weismachen wollen, es sei von der Vorsehung bestimmt gewesen, dass die Insekten eines Tages die Herrschaft über die Erde antreten sollten, Plutos Theorien nicht mehr tolerieren.«

»Du meinst also, wir haben das Stadium der simplen wissenschaftlichen Kontroverse hinter uns gelassen«, sagte Leberecht.

»Das scheint mir auf der Hand zu liegen. Mit diesem Mord haben wir eine andere Ebene errreicht.«

»Da hast du sicher recht, Jeremias«, meinte Peter. »Aber was machst du dann aus dem Mord an Richter Müller? Der Typ gehörte eigentlich eher ins gegnerische Lager.«

»Auf jeder Seite einer«, lachte Leberecht. »Das scheint mir ausgewogen. Aber Spaß beiseite, das alles ist noch etwas unklar. Was nicht heißen soll, dass du unrecht hast, Jeremias, aber ich meine, wir sollten dem Problem auf den Grund gehen.«

»Dann lasst uns das tun«, sagte Peter und stand auf. »Wie spät ist es?«

»19 Uhr 15«, sagte Leberecht. »Zeit für unsere Stippvisite im Schloss Monbijou.«

Die dicke Staubschicht im Monbijou-Park knirschte bei jedem Schritt. Leberecht Bulkow schlängelte sich durch eine Lücke in der Umfassungsmauer an der Oranienburger Straße. In der Nähe warteten Jeremias und Peter im Auto. Der Park lag verlassen da. Am anderen Ende erhob sich düster die Schlossruine im Mondlicht. Nur die Fenster im Erdgeschoss waren erleuchtet und warfen einen fahlen Glanz auf die halb eingesunkene Terrasse. Der Reporter ging an der Balustrade vorbei, dann weiter an der Mauer entlang zur gegenüberliegenden Gebäudeseite. Durch einen kleinen Boteneingang gelangte er ins Haus.

Im selben Augenblick stieß Fräulein Heinz das Gartentor auf, das zur Spree führte. Der Fluss rollte schwarz vor sich hin – das Scharren der Eisschollen gegen die steinerne Uferbefestigung schwoll zu einem dumpfen Grollen. Die Sekretärin, die mit einem langen dunklen Umhang bekleidet war, murmelte etwas in ihren Bart.

»O Großer Satrap, möge mir die Erinnerung an dich beistehen. Gib mir die Kraft, Zeugnis abzulegen von deinem Opfer. Löse meine Mandibeln, lass alle Trübsal von mir abfallen …«

Ihr Blick verschleierte sich, und ihr Kopf wackelte bedenklich, als sie die Stufen zur Terasse hinanstieg.

Leberecht ging durch einen verdreckten Flur voller Abfälle, der früher einmal zu den Wirtschaftsgebäuden geführt haben musste. Er kam zur ehemaligen Küche, die jetzt eine Müllhalde war. Die Familie von Sturm mochte gern auf adlig machen, sie ernährte sich aber nach wie vor von Küchenabfällen. Er passierte eine Tür nach der anderen, bis er schließlich zu einer geräumigen runden Vorhalle gelangte. Der mit großen Vorhängen bespannte Raum wurde von seltsamen Kandelabern beleuchtet. Leberecht drückte sich gegen die Wand. Durch den Wandbehang drang der Klang einer Stimme zu ihm, die ihm bekannt vorkam. Er machte einen Schritt nach vorn und schlüpfte zwischen die Falten des Wandbehangs.

In einem mit dichten Stoffen behangenen Boudoir zog sich gerade Kommissar Gronsch einen Umhang über. Hilda von Sturm, die neben ihm stand, hatte den ihren bereits um. Sie war im Begriff, sich eine Kapuze aus schwarzer Seide über den Kopf zu streifen.

»Mein Gott, Hilda, Sie konnten sich wohl nicht beherrschen? Unser großer Plan hat Vorrang vor Ihren persönlichen Animositäten. Als ich vorhin mit meinen Leuten bei der Uni aufgekreuzt bin, um die Mücke einzubuchten, da hatte sie sich verflüchtigt. Und das nicht ohne Grund: Man hatte sie rausgeworfen. Sie brauchen mir nichts zu erklären, ich kenne Ihre Handschrift.«

»Hören Sie auf zu jammern, Emil. Ihre Mücke wird nicht weit kommen«, spottete Hilda. »Haben Sie genug, um Anklage zu erheben?«

»Eben nicht«, brummte Gronsch. »Schade, dass Sie so schlecht mit mir zusammenarbeiten.«

Hilda von Sturm zog sich die Kapuze über.

»Maskieren Sie sich, Gronsch. Wir wollen den Großmeister nicht warten lassen.«

Zwischen den Falten der Vorhänge hatte Leberecht alles gehört. Voller Entsetzen sah er die beiden maskierten Gestalten auf sich zukommen. Er trat den Rückzug Richtung Vorhalle an und fand Unterschlupf im Schatten einer Statue, einer kopflosen Skulptur von Diana auf der Jagd, die in einer Ecke des Zimmers stand.

Gronsch war stehengeblieben, während Hilda hinten in der Eingangshalle verschwand.

»Wolfgang!«, rief er.

Eine Art vierschrötige Schabe erschien. Der Schlägertyp trug eine Taschenlampe, deren heller Lichtschein auf die Standfigur fiel. Hinter dem Marmor schrumpfte Leberecht in sich zusammen, alle Muskeln gespannt.

»Wolfgang«, sagte der Kommissar. »Die Versammlung wird gleich beginnen. Sind unsere Gäste alle da?«

»Ja, Großer Satrap«, antwortete der Rohling mit leiser, heiserer Stimme. »Wir haben jeden, wie geplant, in einem anderen Salon untergebracht. Erich bei der Wanze, die mir, nebenbei bemerkt, etwas erregt vorkommt. Hans bei der Libelle ...«

»Perfekt, Wolf. Sagen Sie Ihren Leuten, dass sie um Monbijou Streife gehen sollen. Sehen Sie sich den Park genau an. Prüfen Sie auch, ob sich jemand ins Schloss eingeschlichen haben könnte.«

»Wie Sie befehlen, Großer Satrap. Möge der kosmische Wille geschehen.«

»Gut so, Dicker. Bravo. Bis gleich«, sagte Gronsch mit einem seltsam lässigen Ton und verschwand.

Leberecht schlug das Herz zum Zerspringen. Der Schläger ließ den Strahl seiner Taschenlampe durch die Vorhalle schweifen. Sollte er auf die Idee verfallen, die Hinterseite der Standfigur zu untersuchen, dann wäre Leberecht geliefert. Er hatte keine Rückzugsmöglichkeit, eingeklemmt zwischen Wand und Standfigur, wie er war. Angesichts der mächtigen Mandibeln und der gerunzelten Stirn des Schlägers machte sich der Maikäfer keine Illusionen. Wenn er sich schnappen ließ, würde es ihm übel ergehen.

Wolfgang näherte sich schon der Statue, als sich hinter ihm ein großer Lärm erhob. Der Rohling drehte sich um seine Achse. Eine alte hysterische Wanze trat eben durch eine Seitentür. In ihrer Hand funkelte ein Kavalleriesäbel, von dessen geschwungener Klinge Blut tropfte.

»O Satrap«, donnerte Fräulein Heinz, »dein Geist ist in mich gefahren. Dein glühender Eifer verleihe meinem schwachen Arm die Unbeugsamkeit der Rächer!«

»Was ist das jetzt für 'ne überkandidelte Alte?«, brummte Wolfgang.

Die Klinge wirbelte durch die Luft. Sie durchschnitt den Raum über dem Kopf des Wachmanns. Er tat einen Schritt zur Seite und griff nach seinem Knüppel, der sogleich, vom Säbel gespalten, in Stücke sprang. Wolfgangs Arm, der von demselben Hieb abgetrennt worden war, flog Richtung Decke. Er landete auf dem Sockel der Standfigur, wenige Zentimeter von Leberechts Rostrum.

Von dem Tumult alarmiert, eilte Gronsch herbei.

»Teufel auch! Fräulein Heinz, sind Sie völlig übergeschnappt? Wer hat Ihnen erlaubt, meinen Sicherheitsmann so übel zuzurichten? Lassen Sie sofort den Säbel los! Das ist ein Befehl.«

Die Wanze stand stockstill, mit starren Augen, den Rüssel vor Erregung geweitet. Ihr Atem ging ruckweise, sie schluchzte.

»O Richter Müller, Großer Satrap«, stöhnte sie. »Ich habe zugesehen, wie dein Kopf von dannen flog. Ich armes kleines Wänzchen. Und mit einem Mal wusste ich, dass dein Geist in meinen Kopf erstrahlte, für immer und ewig.«

»Ohne Frage, Sie sehen ziemlich verstrahlt aus«, sagte Gronsch. »Also, Schluss jetzt mit dem Quatsch. Heinz«, – er näherte sich ihr vorsichtig – »geben Sie mir diesen Säbel!«

»Zurück, falscher Satrap!«, blökte die Wanze. »Heute Nacht muss ich mich vollenden. Der Moment meiner letzten Metamorphose ist gekommen!«

Sie schwang den Säbel durch die Luft, richtete die Klinge auf sich und ließ sie mit einem heftigen Schlag auf ihren Kopf niedergehen. Ein unheilvolles Knacken ertönte. Die Klinge ging glatt durch. Die beiden Hälften des sauber von oben bis unten gespaltenen Wanzenkörpers sanken auf den Boden, jede auf ihrer Seite.

»Eins muss man ihr lassen, diese Wanze war ein As mit der blanken Waffe«, wusste Wolfgang zu vermerken. »Gucken Sie mal, Chef, sauber durchgetrennt, akkurat. Ohne einen Tropfen Blut zu vergießen! Das ist hohe Kunst.«

In dem allgemeinen Durcheinander trat Leberecht den Rückzug an, den Rücken gegen die Wand gepresst. Im Magen hatte er einen bleiernen Klumpen, der Atem versagte ihm, er drückte sich seitwärts davon, im Krebsgang. Gronsch rührte sich nicht. Er war vollkommen fasziniert von der tadellosen Selbstvivisektion des Fräulein Heinz.

Sobald Leberecht sicher war, dass ihn keiner entdeckt hatte, trat er in einen Seitenflur und verschwand aus der Vorhalle.

Von draußen kamen die Wachleute ins Gebäude gerannt. Leberecht verfolgte einen Zickzackkurs zwischen den Rabatten, um ihnen nicht in die Hände zu fallen, und entkam über die Mauer in die Oranienburger Straße.

· 9 ·
Die Kleine Satrapin

Der Hauptsalon im Schloss Monbijou war mit Tüchern drapiert worden, deren Falten den Boden berührten. Um den großen hufeisenförmigen Tisch, der mit dunklem Wollfilz bedeckt war, saßen an die zwanzig Gestalten, allesamt gleichförmig mit Umhang und Kapuze bekleidet. Eine von ihnen hatte sich erhoben, die anderen hörten ihr zu. Die Stimmung war von einer dumpfen Beflissenheit.

»Der Rat der Großen Satrapen vermerkt an dieser Stelle das Hinscheiden des Insekts Heinz, das sich auf diesem Wege der Liste der Opfer anschließt. Ich erteile unserem Großmeister das Wort.«

In der Mitte des Tisches richtete sich eine Gestalt auf. Sie trug kein besonderes Erkennungszeichen, außer einer Art goldener Brustplatte.

»Ruhm und Ehre dem Orden der Kosmischen Überlegenheit der Insekten«, intonierte die Schattengestalt *(ein Brummen höflicher Zustimmung ging durch die Versammlung).* »Große Satrapen, fürwahr, ich sage euch: Neuer Wandel ist im Werden. Denn wir sind auf dem

Wege zur Vollkommenheit. Sehr bald wird das Insekt Heinz keine Ausnahme mehr sein. Einige werden durch das Opfer zur Vollendung gelangen, andere durch Mord. Jeder von euch steht hier für das neue Erwachen unserer Rasse, jeder auf seinem Platz. Ihr seid dazu da, darüber zu wachen, dass sich unser Schicksal erfüllt. Und ich sage euch: Wir werden es nicht verfehlen! Insekten, die ihr vom Anbeginn der Zeit kommt, wir kennen unsere Mission! Nichts kann uns aufhalten. Gemeinsam werden wir die Verheißung des Großen Kladderadatsch erfüllen.«

Der Große Meister bettete seinen Hintern zur Ruhe. Eine andere Gestalt erhob sich.

»Danke, Großer Meister. Dein Weitblick zeigt uns den Weg. Die Tagesordnung fordert jetzt das Erscheinen des Insekts Charlotte de la Motte. Wache, führt sie herein.«

Charlotte betrat den Salon, einen dunklen Umhang über den Schultern. Ganz offensichtlich beeindruckt von der Versammlung senkte sie demütig die Augen. Sie stellte sich in die Mitte des hufeisenförmigen Tisches.

»Insekt Charlotte«, fuhr die Kapuze fort, »der Rat der Großen Satrapen des Kosmischen Ordens hat mit Genugtuung registriert, mit welcher Beständigkeit du dich für unsere Sache engagiert hast. Er weiß, dass du auf diese Weise die Tradition deines erlauchten Geschlechtes ehrst. Die de la Mottes sind uns allen ein Vorbild. Und du, Charlotte, hast dich ihrer würdig erwiesen. Daher ist es dem Großen Rat eine Freude, dich zum Rang einer Kleinen Satrapin zu erheben.«

Charlotte senkte den Kopf, mit hochroten Wangen.

»Und nun beabsichtigt der Rat, dir einen Auftrag von höchster Wichtigkeit anzuvertrauen. Im Rahmen seines Säuberungsplans hat der Rat die Mücke Patacloc zum Tode verurteilt, als verworfenen Verräter an der Sache der Insekten. Er hat sich für seine umgehende Beseitigung ausgesprochen. Insekt Charlotte, du scheinst am besten befähigt zu sein, diese Sache zu Ende zu führen. Daher überträgt dir der Rat die höchste Ehre, das Urteil zu vollstrecken.«

Charlotte erblasste.

»Wir übergeben dir den Säbel der Gerechtigkeit.«

Der Schatten kam um den Tisch herum. In seinen Händen trug er ein schwarzes Lederetui, das er Charlotte überreichte.

»Darüber hinaus will es die Tradition unseres Ordens, dass du zu Ehren des Opfers ein Gedicht verfasst. Das musst du ihm vorlesen, bevor du es hinrichtest.«

Charlotte senkte den Kopf.

»Insekt Charlotte de la Motte«, kreischte die Kapuze, »nimmst du den Auftrag des Großen Rates der Satrapen des Kosmischen Ordens an?«

»Ich nehme ihn an«, murmelte Charlotte und warf sich auf die Knie *(ein lautes Raunen der Zustimmung lief durch die Schatten).*

Der Journalismus kennt keine geregelte Arbeitszeit. Kurz nachdem sie Leberecht beim Schloss Monbijou eingesammelt hatten (einen ziemlich atemlosen Leberecht), saßen die drei Freunde im Büro der Herausgeberin der Dipteren-Zeitung.

Martha Mahler, ein sehr eleganter Birkenspanner[13], hörte sich Leberechts Bericht an. Dabei versuchte sie, in ihrem Büro aufzuräumen. Man spürte, dass sie nervös, ja besorgt war. Nach und nach kehrte etwas Ordnung in das Durcheinander ihres Büros ein. Zusammengekauert auf einem Sessel in der Ecke saß Jeremias und schwieg. Er kam sich ein bisschen vor wie ein Ethnologe, der bei den Dogon landet, ein Ethnologe, der noch nie zuvor im Feld war. Alles erschien ihm hier interessant, selbst der Teppichläufer, der allerdings ein wenig staubig war. Peter dagegen leerte allmählich eine Dose mit Erdnüssen, die auf dem Tisch stand, während er sich Notizen machte. Er war überrascht, als Martha

13 Birkenspanner: Insekt aus der Familie der Falter. Das Weibchen kann nicht fliegen.

die leere Dose packte und in den Papierkorb feuerte.

»Wenn das alles stimmt, dann handelt es sich hier um eine Mordssache«, sagte die Chefin der Dipteren-Zeitung, als der Reporter seinen Bericht beendet hatte.

Leberecht zwinkerte seinem Freund Patacloc zu.

»Ist Ihnen das klar? Die Auswirkungen einer solchen Affäre, das ist enorm, echt heavy«, fuhr sie fort.

Die drei Freunde nickten einträchtig mit dem Kopf.

»Kommissar Gronsch in Verschwörer-Montur macht sich bereit, an einer geheimen Ratssitzung einer Sekte von Hirnamputierten teilzunehmen, das hätte ich zu gern gesehen!«, fuhr Martha Mahler fort. »Ich beneide Sie, Bulkow. Bravo! Gute Arbeit. Doch wir können nicht dabei stehenbleiben, mein lieber Bulkow, wir müssen mehr wissen. Wir müssen die Seilschaften zurückverfolgen. Ich will genau wissen, wer sich alles mit dieser finsteren Organisation eingelassen hat. Wissen Sie, wie wir da weiterkommen? Haben Sie eine Idee?«

»Ich glaube schon«, antwortete Leberecht und sah dabei seine beiden Freunde an.

»Charlotte, na klar!«, rief Peter. »Sie ist diejenige, die uns Informationen aus erster Hand liefern kann.«

Jeremias, der im Begriff war wegzudösen, regte sich, als er den Namen Charlotte hörte.

»Ich kann mir nicht vorstellen, dass sie an einer so üblen Sache beteiligt ist«, seufzte er.

»Man braucht sie nur zu fragen«, sagte Leberecht. »Sie verdient es sicherlich, zur Vernunft gebracht zu werden.«

Er wandte sich wieder seiner Chefin zu.

»Also, wenn ich das richtig verstanden habe, veröffentlichen wir fürs Erste nichts über Kommissar Gronsch?«

»Nein, wir warten, bis wir mehr wissen.«

»Ihnen ist ja bekannt, dass dieser Typ sehr gefährlich ist. Er hat mich auf dem Fühler und scheint fest entschlossen, unserem guten Patacloc den Garaus zu machen.«

»Das ist mir schon klar«, sagte Martha. »Von Ihnen dreien ist Ihr Freund Patacloc sicherlich am stärksten gefährdet. Sehen Sie zu, wie Sie ihn schützen. Wenn Sie irgendetwas brauchen, können Sie natürlich auf mich zählen. Was Gronsch betrifft, so haben wir im Augenblick nur Ihre Aussage, Bulkow. Das wird nicht reichen. Aber der bekommt schon noch sein Fett ab. Wenn alles glattgeht, kommt in zwei Tagen die nächste Ausgabe der Dipteren-Zeitung heraus. Bis dahin können Sie Ihre Recherchen vorantreiben. Ich reserviere Ihnen die erste Seite, Bulkow.«

»Oh, danke, Frau Mahler.«

Jeremias, Peter und Leberecht standen auf, um zu gehen.

»Ich werde allerdings«, fügte Martha hinzu, während sie den Hörer abnahm, »meinen Freund, Generalstaatsanwalt Chamisso, anrufen. Der alte Kerl schläft praktisch nie, und er ist ein Insekt, das seinen Verstand noch beisammen hat. Ich werde ihm unsere letzten Entdeckungen mitteilen. Streng vertraulich, selbstverständlich, aber ich bin schon neugierig, wie er reagiert.«

Sie verließen das Büro. Es war zwei Uhr nachts. Sie gingen zu Peter. Erst einmal ein bisschen schlafen.

Um 10 Uhr morgens trat der Kartoffelkäfer Rudi seinen Dienst im Mandibulatencafé an. Die Bar machte erst spät nachts zu, um drei, halb vier. Nachmittags hatte Rudi Zeit für eine kurze Siesta, hinten, auf einem Stapel Kartons. Aber bis dahin dehnte sich der Tag endlos ...

Deswegen empfahl es sich, sachte zu beginnen und sich behutsam zu steigern. Sehr langsam nahm er den Besen und einen kaputten Eimer aus dem Schrank. Am frühen Morgen sehen alle Nachtbars sehr schmutzig aus. Als ob jeder abends da hinginge, um seinen Müll abzuladen. Als erstes stellte Rudi die Stühle auf die Tische. Das war schon ein bisschen so, als ob er die Bar auf den Kopf stellte.

»Hey, Rudi!«, brüllte eine dicke Kakerlake, deren Kopf plötzlich hinter der Theke hervorkam. »Willst du den ganzen Morgen bei deiner Arbeit vor dich hinträumen?«

»Ich träume nicht, Chef. Ich bestaune das Ausmaß meiner Aufgabe.«

»Pass auf! Man kassiert schnell einen Tritt in den Arsch, wenn man zu lange rumgammelt.«

»Schon richtig, du fauler Sack«, dachte Rudi. »Aber dazu müsstest du erstmal die Energie aufbringen, den Fuß zu heben.«

Er drehte sich um und war sprachlos. Ein Engel hatte die Tür zur Bar aufgestoßen.

Was wollte denn diese hinreißende Libelle hier? Im Morgenlicht war ihre Haut so weiß, dass er fast geblendet war.

Nach und nach waren die Stühle im Mandibulatencafé wieder auf dem Boden gelandet. Die Beleuchtung war gedämpft. Die ersten Kunden stellten sich ein. Zuerst in kleinen Schwärmen, dann, gegen 18 Uhr, in großen Gruppen, die sich irgendwo in den Ecken festsetzten. Jungs und Mädchen, Halbstarke, Studenten, alle möglichen Insekten, die einfach abhängen wollten. Draußen wurde es dunkel. Drinnen ballte sich der Rauch über den Köpfen. Um 21 Uhr war die Bar rappelvoll. Peter,

Leberecht und Patacloc drängten sich um einen Tisch. Sie zogen die Bilanz des Tages.

Leberecht war bis zur Universität vorgedrungen, in der Hoffnung, dort Charlotte zu treffen. Er war mit dem Portier aneinandergeraten.

»Herr Grunnaf versteht eben keinen Spaß«, sagte Jeremias.

»Du meinst, der ist völlig durchgeknallt«, korrigierte ihn Leberecht. »Ich habe mehrere Anläufe unternommen. Ich dachte, der geht gleich auf mich los. Nichts zu machen. Also bin ich etwas später zurückgekommen, zum Ende der Vorlesungszeit. Keiner da.«

Peters Besuch bei Charlottes Privatadresse war ebenfalls ergebnislos geblieben.

»Ihre Mitbewohnerin hat sie seit zwei Tagen nicht mehr gesehen. Sie meint, sie ist vielleicht bei ihren Tanten auf dem Land oder bei einem Liebhaber ...«

Jeremias erbleichte.

»Wie ist sie denn so, die Freundin von Charlotte?«, fragte Leberecht, ganz nebenbei.

»Nicht so hübsch wie Charlotte.« Peter lächelte. »Sie heißt Ulrike, scheint auch ganz in Ordnung zu sein, obwohl sie ein bisschen sehr lässig tut. Sie studiert Informatik, mehr so als Hobby, um ihren Eltern eine Freude zu machen. Eigentlich ist sie gar nicht übel, wenn du's genau wissen willst.«

Was Jeremias betraf, so hatte er den ganzen Tag bei Peter verbracht. Sicher ist sicher.

»Wenn ich dich also recht verstehe, haben wir Charlottes Spur verloren«, sagte er.

»Daran erkenne ich den Wissenschaftler«, spottete Leberecht. »Tatsache ist, dass wir da nicht viel weitergekommen sind. Andererseits habe ich eben meine Chefin in der Redaktion gesehen: Martha Mahler ist völlig aus dem Häuschen. Und ich kann euch sagen, dass das nicht alle Tage vorkommt. Normalerweise ist sie eher ein Eiszapfen. Sie hat Verbindung mit Generalstaatsanwalt Chamisso aufgenommen.« Nachdem er sich kurz umgesehen hatte, senkte er die Stimme. »So mal ganz unter uns, unserm Freund, Kommissar Gronsch wird langsam der Boden heiß unter den Füßen. Den hat man schon einige Zeit im Visier. Amtsmissbrauch, Korruption, da kommt einiges zusammen. Unsere letzten Enthüllungen haben sein Image auch nicht gerade verbessert.«

»Lasst uns nochmal einen Augenblick nachdenken«, sagte Peter. Er stöberte in seinen Notizen. »Wir wissen, dass es Fräulein Heinz war, die Richter Müller hingemacht hat. Die alte Wanze muss völlig den Kopf verloren haben ...«

»Sehr witzig!«, lachte Leberecht.

»Warum sie ihn getötet hat, wissen wir nicht«, fuhr

Peter fort. »Der Mörder von Professor Pluto hingegen kann meiner Meinung nach nur jemand sein, der jederzeit Zugang zur Universität hat. Dort ohne Erlaubnis hineinzugelangen, scheint nicht so einfach zu sein.«

»Dann war es Hilda von Sturm!«, rief Jeremias.

»Unmöglich«, entgegnete Leberecht. »Tut mir leid, dich zu enttäuschen. Ich habe das nachgeprüft. An dem Tag war unsere Gräfin in Wien. Sie hielt dort einen Vortrag über Gottesanbeterinnen und dergleichen ...«

»Aber wer dann ...? Die Heinz?«, raunte die Mücke. »Jetzt verstehe ich gar nichts mehr.«

»Hallo, Peter! Grüß dich, Leberecht!«, rief Rudi, der Kartoffelkäfer, der plötzlich aus der wallenden Menge vor ihnen auftauchte.

Die drei Freunde verfielen in Schweigen.

»Sind Sie vielleicht Patacloc?«, fragte Rudi, der sich schüttelte, als käme er gerade aus der Sauna.

Die Mücke bejahte kurz.

»Ich habe hier eine Nachricht für Sie.«

Er hielt Jeremias einen cremefarbenen Umschlag aus Pergamentpapier hin.

»Hat mir ein Engel gegeben«, fügte der Barman noch hinzu, bevor er wieder in der Menge verschwand.

· 10 ·
Schlägereien unter Touristen

Der Direktor der städtischen Oothek, ein struppiger Schnellkäfer[14], hatte sich in seinem Büro ein veritables tropisches Gewächshaus eingerichtet. Er machte sich dabei die stark erhöhte Temperatur zunutze, die in dem Gebäude herrschte.

Allein die Oothek verbrauchte drei Viertel der städtischen Heizenergie. Man setzte alles auf die Erhaltung der Arten. Und zwar auf Kosten der Sozialwohnungen, wo sich die Leute den Arsch abfroren. Die Larven durften schön im Warmen schlüpfen, während sich der Rest der Bevölkerung Frostbeulen holte.

An die hundert handverlesene Angestellte sorgten für das tadellose Funktionieren der Oothek. Entgegennahme der Eier, Lagerung auf kilometerlangen Tragegittern in riesigen Sälen aus Stahlbeton, Auslieferung der Larven an der Rückseite des Gebäudes. Es war eine

14 Schnellkäfer: Der Ordnung der Käfer zugehöriges Insekt von dunkler, fast schwarzer Farbe. Sein Kopf ist sehr klein. Schnellkäfer können dank eines erstaunlichen Mechanismus hoch in die Luft schnellen.

monotone Arbeit, absolut langweilig, aber sie hatte den großen Vorteil, dass sie in einem überheizten Gebäude stattfand. Der Direktor überwachte persönlich die Neueinstellungen – er nahm nur nahe Verwandte.

Er war ein großer Drückeberger, der den ganzen Tag im Büro verbrachte, lang hingestreckt wie eine Larve, auf den breiten Blättern einer Bananenstaude. Ab und zu verließ er den Raum, um die Ausrichtung der Eier zu überprüfen und die Huldigungen seiner Untergebenen entgegenzunehmen. Er liebte die Verneigungen, wenn er über die Flure wandelte.

Das Pfeifen der Säbelklinge erreichte ihn mit einer zeitlichen Verzögerung. Als er sich umdrehen wollte, bemerkte er die erstaunliche Beweglichkeit seines Brustkorbes: Er konnte sich um 180 Grad auf seinem Hinterleib drehen. Wieder zischte der Säbel, geführt von der festen Hand einer kleinen Filzlaus, die mit weit aufgerissenen Augen um ihn herumtanzte.

»Schmarotzer ohne Glauben, die Stunde der Jüngsten Rache hat geschlagen! Werde wieder, was du warst! Ein dicker Haufen warst du, und ich teile dich in Stücke!«, fiepte die Filzlaus.

Und dabei schnitt sie den Kustos in gleichmäßige Scheiben.

Jeremias hatte nicht geschlafen. Die eine Hälfte der Nacht hatte er damit verbracht, mit seinen Freunden zu diskutieren, die andere hatte er Glühwürmchen gezählt. Da blieb keine Zeit zum Schlafen.

Lieber Herr Patacloc,
Sie werden mir meine etwas kühle Haltung neulich in der Universität verzeihen. Ich habe mir größere Sorgen gemacht, und zwar mit mehr Grund, als Sie es sich vorstellen können. Heute nun sind Sie leider nicht da.

Gestern hat die Polizei dem Labor einen Besuch abgestattet. Sie hat Sie gesucht. In dem Augenblick wurde mir restlos klar, dass Sie mit all diesen düsteren Ereignissen nichts zu tun haben. Lieber Herr Patacloc, ich kann mir gut vorstellen, in welchen Schwierigkeiten Sie stecken.

Ich besitze Informationen, die Ihnen helfen könnten. Ich muss mit Ihnen sprechen. Kann ich Sie morgen früh, gegen 11 Uhr, im Pergamonmuseum treffen? Ich werde im griechisch-römischen Saal sein. Bitte kommen Sie allein. Sie werden verstehen, warum.

Ich werde dort sein, egal, was passiert. Wenn Sie aus irgendeinem Grund nicht kommen können, werde ich ein späteres Treffen arrangieren.

Ihre Freundin, wenn Sie so wollen,

Charlotte de la Motte

»Das läßt nichts Gutes ahnen, diese Verabredung«, knirschte Leberecht, nachdem er die Nachricht gelesen hatte.

»Meint ihr, dass das eine Falle ist?«, fragte Jeremias naiv.

Allein schon der Anblick von Charlottes Schrift ließ ihm einen Schauer den Rücken hinunterlaufen.

»Willst du mich auf den Arm nehmen?«, fragte Leberecht. »Das stinkt geradezu nach Insektizid.«

Dann folgte eine endlose Diskussion. Leberecht, der Mann der Tat, bestand darauf, die Mücke zu begleiten. Jeremias bestand darauf, endlich zu handeln. Peter versuchte, zwischen den beiden zu vermitteln. Kurz, jeder blieb bei seiner Rolle. Nach einigen Stunden wurde beschlossen, dass Patacloc sich zum Treffpunkt begeben sollte. Peter und Leberecht würden in der Nähe bleiben, um gegebenenfalls einschreiten zu können. Ein ziemlich langer Umweg, um zu solch einem auf der Hand liegenden Ergebnis zu gelangen!

Jeremias lief durch die Stadt. Er war unterwegs zum Pergamonmuseum.

Die Schaufenster Unter den Linden hatten schon bessere Zeiten gesehen. Die einzigen Geschäfte, die noch standen, waren uralt, die meisten waren zusammengefallen. Mit einem Flaum von grauem Staub bedeckt, glichen sie altägyptischen Grabmälern, denen Grabräuber gerade einen Besuch abgestattet hatten. Auf dem Bürgersteig räumten Bataillone von Ameisen die Trümmer beiseite. Die Arbeitsameisen begnügten sich damit, die Haufen woanders hinzutragen. Wie riesige graue Schneeverwehungen türmten sich die Trümmer entlang der Fassaden. Dann und wann stürzte einer dieser Schutthügel unter dem Donnern einer Lawine zusammen.

Um die Brücke zu erreichen, die zum Museum führte, erklomm die Mücke einen Geröllhaufen.

Ein eisiger Wind, der vom Fluss heraufwehte, strich um das Pergamonmuseum. Alles war verlassen. Jeremias folgte der Esplanade und schritt unter dem ehrwürdigen Torbogen hindurch.

Das Gebäude war von der Klimakatastrophe in Mitleidenschaft gezogen worden. Ein Teil der Decke war auf die berühmten Überreste des Pergamonaltars gestürzt: Die riesige Treppe des Altars bog sich wie eine Ziehharmonika, die Bodybuilder-Götter auf den Friesen sahen ziemlich wurmstichig aus.

»Seid gegrüßt, ihr Menschengötter«, brummelte Jeremias, der eine pathetische Ader hatte.

Eigentlich aber schwirrte ihm zwischen diesen Ruinen von Ruinen inmitten Ruinen der Kopf, und die Aussicht, Charlotte zu treffen, trieb seinen Puls in die Höhe. Keine Insektenseele befand sich heute Morgen im Museum. Insekten interessierten sich kein bisschen für Bildungsreisen – wenigstens diese eine Plage schien an ihnen vorübergegangen zu sein.

Jeremias stieß in den zweiten Saal vor, den mit den griechisch-römischen Antiken. Hinten, vor dem Markttor von Milet, erblickte er die Silhouette der Libelle. In ihrem Persianercape und ihren Stiefeletten hatte sie etwas von einer russischen Prinzessin.

Er ging auf sie zu. Charlotte lächelte ihn an, noch blasser als gewöhnlich. Ohne ihr Cape wäre sie durchsichtig gewesen.

Leberecht Bulkow stand in einem der hinteren Säle des Museums. Peter, der im letzten Augenblick dringend zum Generalstaatsanwalt Chamisso gerufen worden war, hatte nicht mitkommen können. Eine Stunde vorher hatte Leberecht das Umfeld des Museums inspiziert. Er hatte keinerlei Anzeichen eines Hinterhalts gefunden. Nur Charlotte war, zehn Minuten vor Jeremias, zum Pergamonmuseum gekommen. In der Hand hielt sie ein langes, schwarzes Lederetui, das die Neugier des Journalisten weckte.

Unter den eisigen Windböen nahm die Morgenluft eine milchige Färbung an. Trotz des dicken Futters seiner Windjacke begann der Maikäfer zu schlottern. Von seinem Versteck hinter den antiken Marmorstücken aus sah er Jeremias und Charlotte kommen. Die beiden Insekten verließen Hand in Hand das Museum durch eine Hintertür. Leberecht sah, wie sie stehenblieben und sich einen Augenblick lang ansahen. Ihre Hände verschlangen sich ineinander, dann pressten sie ihre Münder aufeinander. Ein langer Kuss, die Fühler zitterten, während Charlotte ihre Arme um Jeremias' Hals schlang.

Leberecht verspürte ganz kurz einen Stich im Herz. Auf einmal tauchte eine Truppe von Schaben auf. Wo kamen die denn jetzt her? Er war völlig überrascht, hatte aber keine Mühe, sie zu identifizieren. Das war derselbe private Sicherheitsdienst, der neulich im Schloss Monbijou gewütet hatte. Dieselben Galgengesichter.

Die Schergen schnappten sich die Verliebten, wie man Gänseblümchen pflückt – wenn man denn Gänseblümchen mit Knüppeln niederschlägt; dann schleppten sie die beiden unverzüglich zum gegenüberliegenden Ufer, zum Schloss Monbijou ausgerechnet ...

Frau Biedermeier wurde am frühen Nachmittag auf dem Kommissariat in der Friedrichstraße vorstellig. Die Motte trug einen drolligen schwarz-weiß-karierten Mantel und wollte den Kommissar sprechen.

»Der Kommissar ist völlig überlastet«, erklärte der diensthabende Beamte. »Und wir versuchen, den Überhang abzuarbeiten. Worum handelt es sich denn, gute Frau?«

»Ich bin nicht ihre gute Frau, Sie widerliche Kellerassel!«, donnerte Frau Biedermeier.

»Kellerassel, richtig, das gebe ich zu«, sagte der Wachmeister. »Aber widerlich … wir wollen mal nicht übertreiben. Ich würde eher sagen … ich bin eine Kellerassel von eisernem Diensteifer, gnädige Frau. Sagen Sie mir bitte Ihr Anliegen, und es wird mir ein Vergnügen sein, herauszufinden, ob sich das mit dem Kommissar arrangieren lässt.«

»Ich heiße Frau Biedermeier. Ich führe eine Pension am Pariser Platz 21 und würde gern mit dem Kommissar wegen einer Mücke namens Patacloc sprechen, Jeremias Patacloc«, rasselte die Zimmervermieterin herunter.

Der Polizist notierte alles eifrig auf einer Karteikarte.

»Vorname?«

»Josefine, Kretin.«

»Nein, ich heiße Gustav. Einen hübschen Mantel haben Sie da. Sie wissen nicht zufällig, wo ich einen in der Art bekommen könnte. Meine Mutter hat nämlich bald Geburtstag …«

Frau Biedermeier knirschte mit den Mandibeln und musste sich gehörig zusammenreißen, um nicht zu explodieren. Der Wachtmeister bestand nicht weiter auf seiner Frage.

»Ich werde sehen, was sich machen lässt.«

Er stand auf, ging pfeifend am Empfangsschalter entlang und verschwand hinten.

Beim Eintreten der großen Motte hob Gronsch den Kopf. Er schlang gerade ein Sandwich hinunter, von dem ihm die Mayonnaise auf sein Hemd tropfte.

»Setzen Sie sich, gnädige Frau.«

Frau Biedermeier setzte sich. Der Kommissar wischte sich den Mund ab.

»Ich habe nicht einmal die Zeit, essen zu gehen«, brummte er. »Also, gute Frau, über wen wollen Sie mit mir reden?«

Die Stirn der Zimmerwirtin zog sich in Falten.

Gronsch starrte sie an, leicht genervt. Die Motte fixierte ihn mit ihren leeren Augen. Plötzlich begannen sie seltsam zu funkeln. Die Augäpfel schwollen an. Gleichzeitig fielen die Mundwinkel herab.

»Deine Stunde hat geschlagen, du Verbrecher«, knurrte die Biedermeier und richtete sich von ihrem Stuhl auf. »Unterwirf dich dem Urteil, du vulgärer Profitjäger, verkommener Fettwanst! Nimm das gebenedeite Hackebeil an ...«

»Schwachsinn!«, brüllte Gronsch. »Das glaube ich nicht!«

Auch er war aufgesprungen und ergriff seine Dienstwaffe.

Die Kugel traf Frau Biedermeier mitten in die Stirn.

Vom Lärm der Detonation alamiert, erschien der Wachposten an der Tür. Er erstarrte, als er die große Motte auf dem Boden liegen sah, platt wie ein Pfannkuchen, in ihrem Schachbrett-Mantel. Die Beine zuckten in einem letzten Aufbäumen.

»Die wollte mich allemachen«, stammelte Kommissar Gronsch. Unter dem erstaunten Blick seines Untergebenen greinte er leise: »Ich versichere Ihnen ...«

Ihm war klar geworden, dass ihm niemand die Geschichte glauben würde.

· 11 ·
Das Schloss des Schreckens

Generalstaatsanwalt Chamisso legte den Hörer auf und kratzte sich den Bauch.

»Wir haben ein neues Opfer«, sagte er zu Peter. »Dieses Mal handelt es sich um Doktor Schlegel, den Kustos der städtischen Oothek.«

»Ebenfalls ein Ritualmord, nehme ich an?«, fragte der Maikäfer besorgt. Chamisso war während seines Jurastudiums sein Professor gewesen.

Der Generalstaatsanwalt nickte. Er war eine Heuschrecke[15] von recht schmächtiger Statur. Sein Gesicht war voller Härchen, die ihm das Aussehen eines Handfegers verliehen. Und doch strahlte er eine erstaunliche innere Kraft aus, die etwas wirklich Beruhigendes hatte, dachte Peter. Chamisso hatte Wert darauf gelegt, sich mit ihm über Leberechts Enthüllungen zu unterhalten. Ein Generalstaatsanwalt, der etwas auf sich hält, spricht nicht mit Reportern. Hat besagter Reporter allerdings

---

15 Heuschrecke: Springendes Insekt von grauer oder brauner Farbe. Man sagt, die Heuschrecke zirpt.

einen Rechtsanwalt zum Freund, so spricht nichts gegen einen Meinungsaustausch unter Juristen.

»Irgendetwas passt da nicht zusammen«, sagt Chamisso. »Der Rhythmus der Morde beschleunigt sich. Für den Augenblick kann ich die innere Logik noch nicht fassen. Aber ich spüre, dass wir es mit einer Riesensache zu tun haben.«

»Das ist komisch ... ich wollte sagen, das ist interessant«, sagte Peter. »Aber genau das denkt auch unser Freund, Professor Patacloc.«

»Sie meinen diese Mücke, die bei dieser Geschichte von Anfang an immer wieder mitten im Strudel der Ereignisse war?«, fragte der Generalstaatsanwalt.

Peter nickte.

»Mit ihm würde ich mich bei Gelegenheit gern einmal unterhalten.«

Normalerweise klingelt an so einer Stelle immer das Telefon. Und genau das tat es jetzt auch.

Von ferne war Leberecht den Schlägern gefolgt, die Jeremias und Charlotte entführt hatten. Als sie das Schloss Monbijou betraten, hatte er sich dort durch den kleinen Boteneingang geschlängelt, den er schon zwei Tage zuvor benutzt hatte.

Vorher hatte er noch vergeblich versucht, Peter auf seinem Handy zu erreichen. Anschließend hatte er bei der Zeitung eine Nachricht für die Chefin hinterlassen, um sie über den Fortgang der Ereignisse zu informieren – Leberecht war ein hyperaktiver Maikäfer.

Bei Tageslicht erschien das alte Palais noch düsterer. Nachts hatte es wenigstens etwas von einem verwunschenen Schloss. Im Morgennebel sah es einfach nur erbärmlich aus. Leberecht ging einen dunklen Flur entlang. Er war so angespannt und so aufgeregt, dass ihm die Ohren dröhnten. Vielleicht war das aber auch nur der Wind, der durch den Korridor fegte wie der Sturm durch die Laufgänge eines Schiffes. Er war an einigen trägen Schaben des Sicherheitsdienst vorbeigeschlichen, die in den Ecken dösten[16]. Plötzlich stieg gedämpft Lärm von unten herauf.

»Dieses verdammte Schloss muss unterirdische Gänge haben«, überlegte Leberecht.

»Wahrscheinlich spielte sich dort unten alles ab[17].«

Als Jeremias wieder zu sich kam, wusste er nicht, wie spät es war. Gleich kam ihm ein Satz von Cioran in den Sinn: *Wenn man die Torheit begangen hat, jemandem ein*

16 Diese Gliederfüßer sind nachtaktiv.

17 Bei den Insekten hat die Bunkerkultur eine lange Tradition.

Geheimnis anzuvertrauen, dann besteht das einzige Mittel, sicherzugehen, dass er es für sich behält, darin, ihn auf der Stelle umzubringen.

»Das scheint mir die Situation auf den Punkt zu bringen«, dachte Jeremias, der in einer finsteren verrotteten Kammer saß. (Die Schlösser des 18. Jahrhunderts kennen keinen Verliese.)

Man hatte ihm Arme und Beine sorgfältig zusammengebunden, aber auf seinen Lippen spürte er immer noch Charlottes heißen Kuß, fast ebenso deutlich wie die Beule auf seiner Stirn. Sein Schicksal schien ihm beschlossene Sache.

»Ein idiotisches Ende für einen vielversprechenden jungen Wissenschaftler«, dachte er. (Als ob es so etwas wie ein intelligentes Ende gäbe.)

Vorhin im Pergamonmuseum hatte ihm Charlotte ganz unvermittelt erzählt, mit welcher Mission, der OKÜI, der Orden für die Kosmische Überlegenheit der Insekten sie betraut hatte. Und wie verschmitzt sie dabei ausgesehen hatte! Das hatte Jeremias ziemlich aus der Fassung gebracht. Durchaus verständlich, schließlich bekommt man nicht jeden Tag so etwas gesagt wie: »Hallo, ich bin eine hübsche, wirklich hinreißende Libelle, wir stehen hier vor einer großartigen römischen Ruine, und die Geheimorganisation, der ich angehöre, hat mich beauftragt, dir den Kopf abzuschneiden. Guck mal, hier habe ich einen Kavalleriesäbel mit frisch gewetzter Klinge, einsatzbereit.«

Glücklicherweise hatte Charlotte sogleich hinzugefügt, dass sie den Auftrag überzogen fand.

»Die Organisation ist im Begriff, den Verstand zu verlieren«, hatte sie ihm erzählt. Patacloc ahnte, wie aufgewühlt sie innerlich war. Davon legten ihre ruckartigen Kopfbewegungen beredtes Zeugnis ab. Während sie sich Jeremias anvertraute, versuchte Charlotte, so gut als möglich ihre Würde zu bewahren, aber er spürte, dass sie mit den Tränen kämpfte.

»Ich kann nicht länger die Augen vor diesen widerlichen Praktiken verschließen. Sie sind durch kein Ideal zu rechtfertigen ... Das hat absolut nichts damit zu tun, wie sehr ich dich schätze. Und wie sehr ich dich mag ...«, hatte sie im letzten Augenblick hinzugefügt und Jeremias dabei in die Augen gesehen.

Wollte sie ihm damit zu verstehen geben, dass sie ihn bereitwillig in Stücke gehauen hätte, wenn ihr das gerechtfertigt erschienen wäre? Oder dass sie nicht die Art von Mädchen war, die ihre Meinung nur aufgrund persönlicher Gefühle änderte?

Völlig verdutzt hatte Jeremias geschwiegen. Was sagt man in einer solchen Situation? Danke? Das war idiotisch. Er begnügte sich damit zu nicken. Und dann war da dieser Kuss, mitten in der eisigen Windbö, als sie das Museum verließen. Dieser Kuss, den ihm Charlotte plötzlich auf die Lippen gedrückt hatte ...

Jeremias fühlte, wie sich ihm das Herz in der Brust zusammenkrampfte, wie ihm der Mund trocken wurde. Was hatten diese Barbaren mit Charlotte gemacht? Wo war sie jetzt? Er hatte Lust, mit aller Kraft zu schreien.

»Hab Geduld, Mücke«, spottete ein Stimme hinter der Tür. »Wir werden uns bald um dich kümmern. Guck dich ruhig nochmal im Spiegel an, bevor wir dich in die Mangel nehmen!«

Der Salon war dunkel, bis auf das wenige Licht von einem Feuer, das im Kamin flackerte. Hilda von Sturm saß in einem antiken Sessel und debattierte mit einem Typ, dessen Kopf von einer Kapuze verhüllt war. Die Wellen schienen hoch zu schlagen.

»Ich war bereits mit der Beseitigung von Richter Müller nicht so ganz einverstanden«, schnaubte der Kapuzenmann und räusperte sich lautstark.

»Müller war ein Abtrünniger, ein Verräter!«, brummte die Gräfin.

»Wie kommen Sie denn darauf? Nur weil er unbedingt mit diesem übergeschnappten Professor Pluto reden wollte ...«

»Da haben wir's!«, zischte die von Sturm. »Das ist genau die Art von verkommenem Denken, die uns in Untätigkeit versauern lässt. Männer haben von Natur aus keine Ideale, das ist bekannt. Sie arrangieren sich mit allem, solange man sie in Ruhe lässt. Pah!«

»Hilda, ich rate Ihnen, sich zu beruhigen!« Der Kapuzenmann hatte sich erhoben. »Stecken Sie Ihren Kopf in einen Eimer kaltes Wasser. Ich werde die Ratsversammlung einberufen. Die wird sich um Ihren Fall kümmern!«

»Das kannst du glauben, du Schwachkopf!«

Sie war aufgesprungen.

»Hilda, Sie hätten diese Aktionen niemals ohne unsere Zustimmung einleiten dürfen!«, brüllte der Kapuzenmann. »Das ist inakzeptabel.«

»Verrecke!«, stieß der Goldkäfer aus. »Wegen solcher Quallen wie dir stecken wir in der Scheiße. Ob du es willst oder nicht, Hunderte von Anhängern der Kosmischen Überlegenheit werden überall aufstehen. Ja, du Trottel! Die Verheißung wird sich endlich erfüllen!«

»Von Sturm, ich fürchte, wir sind gezwungen, Sie aus dem Orden auszuschließen.«

»Du mich auch!«, brüllte die Gräfin ziemlich unfein.

· 12 ·

Schicken Sie Ihre Männer los, Kommissar!

»Schicken Sie Ihre Männer los, Kommissar!«, befahl Generalstaatsanwalt Chamisso, der Wert darauf legte, die Razzia persönlich zu überwachen. »Durchkämmen Sie das ganze Palais! Keiner darf entkommen.«

Sein Ton war bestimmt, aber er rief den Kommissar noch einmal zurück, der gerade aufbrechen wollte.

»Und denken Sie daran, dass sich da Geiseln befinden!«

· 13 ·

Insekten in Stücken

Der Kampflärm dröhnte durch die Gänge. Wie im Flug stieß Leberecht eine Tür nach der andern auf und durchsuchte jeden Winkel, in der Hoffnung, Patacloc und Charlotte zu entdecken. Sein Herz schlug zum Zerspringen, er fürchtete das Schlimmste. Am Ende eines Korridors drang er in ein dunkles bläuliches Zimmer. Hinten, mit dem Rücken zur Tür, zeichnete sich die Silhouette eines Sessels gegen die Glut eines Kamins ab. Im Gegenlicht waren deutlich die aufgerichteten Fühler zu erkennen, die über die Rückenlehne hinausragten. Er schritt auf den Sessel zu.

»Nun, Hilda!«, flüsterte Leberecht. »Alle Maschinen stop! Hier ist die Reise zu Ende.« Er ging behutsam weiter. Die Gestalt rührte sich nicht. »Ihre kleine Revolution hat Ladehemmung. Sagen Sie mir, wo sich Patacloc und Charlotte befinden!«

Er war jetzt nur noch wenige Schritte vom Sessel entfernt. Der Goldkäfer blieb völlig starr. Mit einem Mal wandte er den Kopf zu Leberecht um. Die Augen waren verdreht, der Mund war zu einer schrecklichen

Fratze verzogen und troff von Blut. Auf Hildas Schoß erblickte Leberecht die Überreste eines Körpers, an dem sich das grausige Insekt gütlich tat. Ihm lief ein Schauer des Entsetzens über den Rücken, und er trat einen Schritt zurück.

Plötzlich richtete sich Hilda auf, die Augen geweitet, und das Maul geöffnet, sodass die scharfen Zähne sichtbar wurden. Sie schien noch größer zu sein als gewöhnlich. Ein Stück eines zerfetzten Kopfes fiel auf den Boden und rollte Leberecht vor die Füße. Er sprang zur Seite, um ihm auszuweichen. Er hatte Zeit genug gehabt, sich zu vergewissern, dass es nicht Jeremias' war. Mit Entsetzen sah er, wie sich die langen Beine des Goldkäfers versteiften. Mit einem heiseren Schrei sprang Hilda auf Leberecht zu. Dem Maikäfer gerann das Blut.

Der Kopf des Fräuleins von Sturms explodierte. Keine saubere Angelegenheit. Mit einem dumpfen, banalen Geräusch sank die Gräfin in sich zusammen.

»Alles in Ordnung bei Ihnen, Herr Bulkow?«, rief der Polizist, der geschossen hatte.

Leberecht, der auf seinem Allerwertesten saß, nahm eine grünliche Färbung an.

· 14 ·

Eine zu allem entschlossene Sekte

Von Leberecht Bulkow

Alle Ideen sind bereits in der Natur enthalten, wie der unlängst verstorbene Professor Pluto zu sagen pflegte. Selbst die unheilvollsten.

Der Orden für die Kosmische Überlegenheit der Insekten, ein kleiner Kulturverein, der vor einigen Jahren von Josef Grunnaf, Portier der Humboldt-Universität und vormalig Rektor daselbst, gegründet worden war, vertrat die einfache These, dass es den Insekten von Anbeginn der Schöpfung bestimmt gewesen sei, die Herren der Welt zu werden.

Eine Meinung wie viele andere, die für unsere Gattung recht schmeichelhaft war und daher bereitwillig von einer großen Anzahl unserer Artgenossen geteilt wurde.

Diese Weltsicht, die sich auf vage wissenschaftliche Daten stützte (die Insekten sind vor ungefähr dreihundert Millionen Jahren, also lange vor den Menschen, auf der Erde aufgetaucht, was ihnen eine Art von Vorrang zu verleihen scheint) wurde von einigen Wissenschaftlern wie Professor Pluto, Forscher am Fachbereich Humanwissenschaften der Humboldt-Universität, infrage gestellt.

Dieser große Gelehrte vertrat die entgegensetzte These. Für ihn waren der Untergang der Menschheit und der darauffolgende Große Kladderadatsch nur ein dummer Zufall: Die Insekten waren lediglich die Erben der Stunde, auch wenn sie, nebenbei bemerkt, vor der Ausrottung fast aller übrigen Arten bereits die umfangreichste Gattung des Tierreiches waren (vgl. S. 6 des Artikels von Professor Jeremias Patacloc, »Insektensekten und der Große Kladderadatsch«).

Der Abstieg in die Barbarei

So hätte es bei einer wissenschaftlichen Kontroverse bleiben können, aber der Orden für die Kosmische Überlegenheit der Insekten glaubte, eine große Mission erfüllen zu müssen. Im Laufe der Jahre war aus dem kleinen Klüngel eine mächtige Geheimorganisation geworden. Josef Grunnaf, selbsternannter Großmeister des Ordens, hatte um sich ein Kollegium von »Großen Satrapen« geschart, dem es oblag, den Orden zu leiten. Diesem Rat unterstand eine Privatmiliz. Unter den Satrapen, die aus den unterschiedlichsten Kreisen kamen, fanden sich Persönlichkeiten des öffentlichen Lebens wie etwa Richter Müller oder auch Kommissar Gronsch.

Ihre Versammlungen fanden in aller Heimlichkeit statt, mit maskierten Teilnehmern und seltsamen Ritualen, und zwar im Schloss Monbijou, das ihnen hierfür von Gräfin

Hilda von Sturm zur Verfügung gestellt wurde, die selbst den Rang einer Großen Satrapin bekleidete. Nach und nach häuften sich die Ausschreitungen. Veröffentlichungen aggressiver Schriften, kriegerische Zusammenkünfte, kaum verhohlene Drohungen gegenüber Wissenschaftlern, die den Thesen des Ordens skeptisch gegenüberstanden. Bis hin zu den übelsten Mordtaten. »Wir haben es hier mit den klassischen Mechanismen zu tun«, erklärt uns Professor Patacloc. »Bei dieser Art von Sekte lässt sich immer die gleiche Mischung aus hochtrabenden Ideen, zügellosem persönlichem Ehrgeiz und wilder Gier beobachten. Ein explosiver Cocktail, der die barbarischsten Folgen zeitigt.«

Der Orden überschritt eine neue Schwelle in dem Augenblick, als er sich für die physische Vernichtung seiner Gegner aussprach. Die erste entsprechende Tat war die Ermordung von Professor Pluto, der im Begriff war, die Ergebnisse seiner Forschungen zu unserem Thema zu veröffentlichen. Es wird angenommen, dass Grunnaf selbst dieses Verbrechens begangen hat.

Kampf bis aufs Messer

Zur gleichen Zeit brach in der Leitung der Geheimorganisation ein erbarmungsloser Kampf aus. Hilda von Sturm, Vertreterin der reaktionärsten Thesen, befürwortete eine Rückkehr zu der alten Praxis, die Männchen von den Weib-

chen nach dem Begattungsakt beseitigen zu lassen. Sie sah darin das Ideal von der Reinhaltung der Rasse verwirklicht. In diesem Punkt kollidierte sie mit den Anschauungen des Großmeisters Josef Grunnaf. Aus gutem Grunde ...

Es sieht ganz so aus, als sei sie es gewesen, die die Ermordung des Richters Müller sowie die von Doktor Schlegel, dem Leiter der städtischen Oothek, in Auftrag gab. Aufgrund der sozialen Stellung der Opfer hatten beide Morde einen hohen Symbolwert. Von diesem Moment an konnte nichts mehr die höllische Maschinerie aufhalten.

Als schließlich die Polizei, unter der Leitung von Generalstaatsanwalt Chamisso, das Schloss Monbijou stürmte, um den monströsen Machenschaften der Sekte Einhalt zu gebieten, entdeckte sie dort die schrecklich verstümmelten Überreste des Großmeisters Josef Grunnaf, der nun selbst Opfer des Fanatismus der Hilda von Sturm geworden war.

Mehr wird man über die Hintergründe dieses schrecklichen Mordes wohl nie erfahren. Die blutrünstige Gräfin ist bei der Erstürmung des Schlosses ums Leben gekommen. Aber die Auffindung des Ordensarchivs daselbst hat die Verhaftung zahlreicher Personen ermöglicht, die Verbindungen zu der Geheimorganisation unterhielten. Alles deutet darauf hin, dass Vorbereitungen für einen Staatsstreich getroffen wurden, um die autoritären Ideen der Sekte der gesamten Gesellschaft aufzuzwingen.

Generalstaatsanwalt Chamisso, der gegen etwa dreißig Personen Anklage erhoben hat, unter ihnen auch Kommissar Gronsch, hat heute nachmittag eine Pressekonferenz gegeben (s. Seite 2). Er hat dort erklärt, dass es höchste Zeit war zu handeln. Offensichtlich standen Tausende von Anhängern des Ordens bereit, um auf das kleinste Zeichen ihrer Führer hin loszuschlagen. Er mahnte zur Vorsicht und zitierte einen Satz von Professor Pluto: »Der Fanatismus ist der Tod des Dialogs«[18].
(Auszug aus der **Dipteren-Zeitung**)

Wie jeder gute Reporter enthüllte Leberecht Bulkow eine Vielzahl von Informationen und ließ dafür andere unter den Tisch fallen. Solche, die möglicherweise zum wirklichen Verständnis der Affäre mehr beigetragen hätten. So wurde etwa an keiner Stelle seines Artikels die Rolle erwähnt, die Charlotte de la Motte gespielt hatte. Dabei war sie es doch, die tiefere Einblicke in die Organisation der Sekte ermöglicht hatte. Dank ihrer Informationen wurde die geheime Hierarchie des Ordens enthüllt, sowie die internen Machtkämpfe und die daran beteiligten Personen.

18 In Wahrheit handelt es sich um ein Zitat nach E. M. Cioran.

Indem er aus strategischen Gründen in manchen Dingen, die Charlotte betrafen, Stillschweigen bewahrte, schützte Leberecht sie vor eventuellen Repressalien. Außerdem erlaubte ihm das auch, bestimmte Informationen für sich zu behalten, die sich vielleicht eines Tages als wertvoll erweisen konnten. Bekanntlich gibt es keine größeren Geheimniskrämer als Sensationsreporter.

Indem Leberecht Charlotte schützte, konnte er ähnlich auch mit seinem Freund Jeremias verfahren, und das war ihm nur recht.

Nachdem die Truppe von Generalstaatsanwalt Chamisso sie befreit hatte, warf sich Charlotte, eingewickelt in eine Erste-Hilfe-Decke, sogleich Patacloc in die Arm. Seitdem hatten sich die beiden nicht mehr aus den Augen gelassen. Jeremias hatte wieder einen Posten an der Humboldt-Universität bekommen und schien Berlin jetzt nicht mehr so grässlich zu finden. Charlotte und er lebten ganz offiziell zusammen in Kreuzberg, bei Leberecht um die Ecke. Alles in allem eine schöne Liebesgeschichte.

Peter, der seit kurzem mit Ulrike flirtete, Charlottes ehemaliger Mitbewohnerin, kam mit ihr zum Mandibulatencafé, um dort seine Freunde zu treffen. Unterwegs hatten sie bei einer Bäckerei gehalten. Der Inhaber, eine verdreckte Grille, bot ungenießbare Pasteten zum Verkauf, die den Namen »Landbrot« trugen. Davon verkaufte er so wenig, dass sie im Schaufenster vor sich hinschimmelten. Deshalb versuchte sich der Bäcker lieber als Bastler: Sein Tresen bog sich unter dem Gewicht diverser Fernsehwracks – hatte er sie einmal auseinandergenommen, so war dieser Idiot nicht mehr in der Lage, sie wieder zusammenzubauen.

»Ich habe mich damit begnügt, Bonbons zu kaufen. Ein paar hatte er noch«, sagte Peter.

Leberecht übernahm den Bastelbäcker flugs in seine Liste von »Geschäften, die man unbedingt einen großen Bogen machen sollte«, die er für eine Sonderausgabe der *Dipteren-Zeitung* zusammenstellte.

»Gar keine Frage, wir Insekten werden nie aufhören, uns wie kleine Kinder zu benehmen«, meckerte Patacloc.

»Mag sein, aber zumindest finden jetzt nicht mehr an jeder Straßenecke Enthauptungen statt. Das ist doch schon mal was«, entgegnete Leberecht, geistreich wie immer.

Jeremias saß vor seinem Bier und brummte wie stets verdrossen vor sich hin. Er ließ sich nicht davon abbringen: Wenn der große Schlendrian so weiter ginge, dann wäre die Eiszeit nicht mehr aufzuhalten. Eine Klimakatastrophe, die nach dem Untergang der Menschen ihrerseits den Untergang der Insekten zur Folge haben könnte.

Während sie diesen düsteren Prognosen lauschte, lächelte Charlotte. Sie sah unbekümmert aus, befreit von der Last der Vergangenheit, die Augen auf ihren Liebsten geheftet.

Es war spät geworden. Leberecht wollte etwas für die Stimmung tun. Er schnappte sich den Kartoffelkäfer Rudi, der sich eben verdrücken wollte, und orderte eine neue Runde. Der Barmann schimpfte: Sicher dachte er, er hätte Wichtigeres zu tun als Kunden zu bedienen. Dann verschwand er hinter der Theke. Man hörte, wie er in seinen Schnurrbart brummte.

Draußen war es so kalt wie nie zuvor.

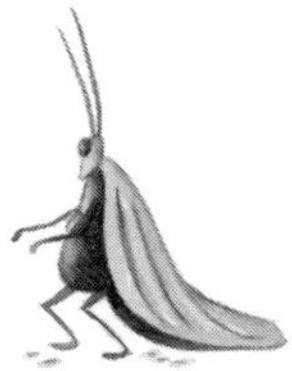

Inhalt

Bibliografische Information der Deutschen Nationalbibliothek
Die Deutsche Nationalbibliothek verzeichnet diese Publikation in der Deutschen Nationalbibliografie; detaillierte bibliografische Daten sind im Internet über *http://dnb.d-nb.de* abrufbar.

Die französischsprachige Erstausgabe ist 2006 unter dem Titel »Patacloc. Le mystère de Berlin« erschienen.

Satz: typocepta, Köln
Satz aus der Prensa, der Priori und der Wilhelm Klingspor
Druck: CPI, Ulm

ISBN 978-3-941087-26-2

www.jacobystuart.de

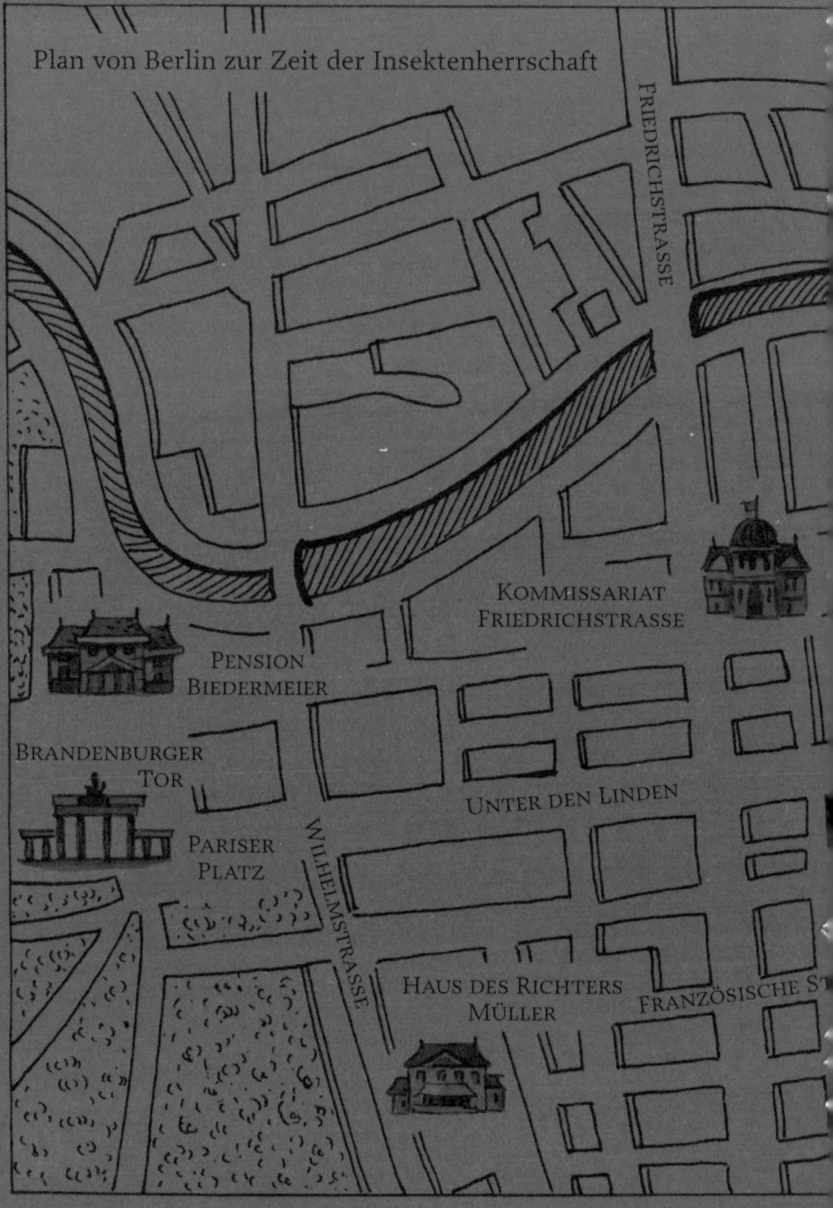
Plan von Berlin zur Zeit der Insektenherrschaft
Friedrichstrasse
Kommissariat Friedrichstrasse
Pension Biedermeier
Brandenburger Tor
Pariser Platz
Wilhelmstrasse
Unter den Linden
Haus des Richters Müller
Französische St